文化組織

No. 23

作品特輯

乾燥と濕潤（主張）……小野十三郎…（四）

眞田幸村と七人の影武者（戯曲）……中野秀人…（七）

修辭學的なコロンブス……花田清輝…（五一）

浚渫船（詩）……岡本潤…（三六）

生活（詩）……池田克己…（五五）

リューデリッツラント……ハンス・グリム　熊岡親雄譯…（四二）

西瓜子を嚙む……内山完造…（三八）
顔……河西新吉…（四〇）
路程標（小説）……赤木健介…（五八）
帽子をかぶつた奏任官（小説）……竹田敏行…（七五）
編輯後記……
表紙・カット……中野秀人
扉……柳瀬正夢

主張

乾燥と濕潤

今年は實によく降つた。夏の長雨には皆惱まされたらしい。それに又初秋になつて降雨が續き、この間、例年のやうに南洋方面に發生する颶風の北上は屢々本島西部を脅やかした。幸ひ、何れも中心が大都市地帶から多少のずれを示したため、直接の被害は比較的輕少ですんだが、それが近縣各地にもたらした雨量は相當なものであつた。所によつては、何年ぶり何十年ぶりといふ豪勢さであつた。

しかし雨は降るべくして降り、颶風は來るべくして來る。わが本島が浮島の如くはるか東方の洋上にでも移動しないかぎり、毎年夏から秋へかけて吹く季節風の試錬から逃れることは出來ない。私はむしろ雨の多かつた今年に感謝してゐる。國土は、颶風の進路に横たはつて磐石の如く、雨の日の多かつたことは近年になく、日本の夏を、最も日本の夏らしくしたと云へるのである。

水浸しになつた工場地帶の葦原を見て、あゝこいつは日本だと思ひ、鑛山の櫓の坑木に發生する眞白な椎茸の寫眞を見ても、あゝ日本だと私は思ふ。山にかゝる靄、街を蔽ふ煙霧、暗い濕潤の大氣の中にあつて、ふしぎに心安らかなる日もあつた。

私は身にまとひつく日本のこの濕氣について考へる。それは風土の自然であると共に、私たちの生理の自然である。私たちの有する古典も亦この生理の上に成立してゐる。原初の木造建築を見るがいい。飛鳥白鳳の木彫も塑像を見るがいゝ。或は能面の美、破墨山水、すべて皆、この濕潤の生理を内に藏してゐないものはない。そして、この生理の共通の上に、古典の鑑賞や享受は、永久の新鮮さを恢復し、素直さや自然を失はないでゐるのである。

しかし、斯の如き古典が持つ生理的因子も、一旦抽象化されて傳統の中に持ち込まれると、いつのまにか生理の純粋さと自然さを喪失してしまふ。そこから文化の性格を性急に決定する「國粋」が生れ、傳統や歴史性は、その本來の素朴さに於て作用することを停止する。

濕潤はたちまち重量的な瘴氣と變じ、不透明、黄昏、暗黒の代名詞となる。

濕潤は生理の秩序を離れて、一つの觀念となつて固定する。

過重の歴史性の中へ埋沒する。

わが國の文化は濕潤の文化である。

それは是認出來るが、現代の精神文化を形成してゐるものは、必ずしもさういふノーマルな過程を辿つてゐない。むしろ生理の代りに、老いた無氣力な暗黒の守神が、この濕潤を呼吸して現代に生きてゐるのだ。それが、時に、文化の表面に政治性となつて浮び上つてくるのである。

文化の構造はこのまゝでいゝのか。アジヤをリードする立場にある國の文化は、内にもつと大きな包擁力を養ふ必要はないか。

濕潤に對して、誰しも直ぐ考へるのは乾燥と云ふ言葉であらう。乾燥は精神的濕潤に對する一つのアンチテーゼだ。經濟的な生活形態から見れば、東洋社會の概念は、單純零細農業が支配してゐる濕潤地帶の概念に相當する。橘樸に依れば、それはインダス河口から豆滿江河口に至る線以南である。この線以北は所謂東洋社會に入つてゐない。それは牧畜と天幕部落を主要生活形態とする大乾燥地帶であつて、蒙古を含めてシベリヤのソ聯國境まで擴がつてゐる。おそらくかういふ見方にも一つの眞實は在るだらう。政治的な觀點から見たら非常な現實性を持つてゐる。にもかゝはらず、一方に於ては、文化は、つねに、かゝる濕潤地帶の限界からはみ出し、北方の高燥の草原や沙漠をも大きく廣く自己の圈内に包攝してゐることは否定することは出來ない。

濕潤の生理に對して、乾燥の生理が成り立つ。濕潤の生理を最も良く生きる者は、又良く乾燥の生理を解することが出來る。生理の純粹さと自然さを失なつて、傳統の中に凝滯してゐる濕つぽさに對しては、天來の眞空の如きものが必要である。

雨は霽れ、雲間から中秋の原素的な强烈な日光が射し始めた。乾燥を想ふこと頻り。（**小野十三郎**）

眞田幸村と七人の影武者

(戯曲)——三幕

中野秀人

第一幕

第一景

大阪城と住吉の陣との間にある小高い岡。空の裾の明るい夜。靜寂。小笹を押し分けて、第一の影武者と部下の足輕とが現れる。

第一の影武者（伊藤圖右衛門） 他の眞田幸村達は死んでしまつたのか？

部下の足輕 はい、本當の眞田幸村も嘘の幸村もみんな討死をしてしまつたやうに思はれます。

第一の影武者　本當の？

部下の足輕　はい、その影武者の。

第一の影武者　ふん、本當の眞田幸村は死にやしない。そこで、俺が最後に殘つたんだな。それでは勇ましく名乘を揚げよう。

部下の足輕　でも、こゝいらには敵は見當りませぬ。

第一の影武者　それでは逃げてしまつたのか？

部下の足輕　いえ、逃げてしまつたのはこちららしいので……それも吾々二人だけになつて。

第一の影武者　そんな筈はない……俺は眞向ふに振翳して敵陣のなかに斬込んでいつたのだ。今でも頭の芯で、槍の穗先と刀の鍔音とが絡み合つてゐる。……だが、どうも不思議だ……俺は傷一つ負つてはゐない。お前は何處にゐたのだ？

部下の足輕　私は正面を見るのが怖ろしいので、眼をつぶつて駈け出しました。私は、戰爭に出たのは始めてなので……いままでは料理場の方に居りました。

第一の影武者　俺は眞田幸村だと名乘つたかな？

部下の足輕　はい、一度だけ。

第一の影武者　一度だけだつて？　なんて情けない奴だ！　（間）それではまだ戰爭は始まつちやゐないのだ。急いで出かけよう。だが、味方の兵隊も、乘馬も見當らんぞ……

部下の足輕　後の方で鬨の聲が聞えます。

第一の影武者　（耳を敧てる）あれは水の音だ。河の流れだ。

部下の足輕　人馬の音が近づいてきます。

第一の影武者　敵かも知れん、敵に相違ない、名乘を揚げよう、潔く討死するのだ。お前は逃げるなら今のうちだぞ。

部下の足輕　どの方角に逃げたら宜いのです？

第一の影武者　そんなことを俺が知るものか、こゝは方角のないところだ。

部下の足輕　こんなことなら來るのぢやなかつたのです。

第一の影武者　そんなら、どうして來たのだ？

部下の足輕　七人も眞田幸村が出るからには、今度の戰爭は勝つのだと思つたのです。私は仲間と賭をしました。

第一の影武者　まだ勝つも負けるもあるものか、まだ戰爭が始まつてゐないのだとすると、徳川の旗本に斬入れるかも知れん。俺は、どんなことがあつても、俺を眞田幸村だと思ひ込ませなくてはならないのだ。俺は死花を咲かせなくてはならんのだ。

部下の足輕　私達は死ぬのですか？

第一の影武者　生きてゐる間は死んじやゐない、死んでゐないのが不思議だ、俺は、もう伊藤團右衞門ではないが、やつぱり生きてゐる。俺は誰だ？

部下の足輕　誰だか判りません。私にはもうなんにも判らないのです。ただ早く眞田幸村が來てくれれば宜いと思ふのです。さうすれば怖いことはありません。

第一の影武者　だがお前は、眞田幸村は死んだと言つたじやないか？

部下の足輕　死んでゐても、生きてゐても、ただ來てさへ來れれば宜いのです。私は怖いのです。

第一の影武者　それじや、俺の側にゐろ、俺が眞田幸村なのだ。俺はちつとも怖いことはない。

部下の足輕　どうかさう思ひ込ませて下さい、その方が逃げるよりはまだ樂なのです。私は、こんな脛當なんかしたのは始めてで、これがまるで石のやうに重くつて、走らうにもどうにも……こんな情けない思ひをしたことはありません、一層のこと……ない方がまだましです。（脛當を外して捨てる）あゝ、これで樂になつた。

第一の影武者　そこに落ちてゐるのは何だ？

部下の足輕　旗です。

第一の影武者　それは味方の旗だ、六文錢の旗だ、それを押し立てろ！

部下の足輕　（旗を立てる）

第一の影武者　どうだ、怖いか？

部下の足輕　少し怖くなくなつてきました。

遠く大砲の音がする。

第一の影武者　あれは味方の張拔筒だ。

部下の足輕　火が見えます。

第一の影武者　お城の反對側だ。

部下の足輕　さうです、いくらか方角が判つてきました。

第一の影武者　黑い影が、蛇のやうに橋の上を渡つてゐる。

部下の足輕　あのなかに眞田幸村がゐるのです。

第一の影武者　さうだ、俺がその第一番の影武者なんだ。味方を呼ばう。その旗を振れ！

部下の足輕（旗を振る）

叢のなかから鎧武者四五人現れる。

第一の影武者　お前達はそこにゐたのか？

鎧武者の一人　陣を張るならこゝです。こゝが丁度敵の側面に當ります。

第一の影武者　あゝ、それでは間に合つたのだ。他の眞田幸村の手では、まだ戰爭は始まらぬか？

鎧武者　道がぬかつてゐるので、兩軍が出合ひになるには、まだ手間取るかと思はれます。

第一の影武者　われわれはみんなで何人ゐるのだ？

鎧武者　三百人。

第一の影武者　何處にゐるのだ？

鎧武者　後の土手の蔭に伏せてあります。今日の戰ひは、高みにかけて崩れるのだと眞田幸村は言はれました。

第一の影武者　それなら、われわれは待つてゐるのだな？

鎧武者　さうです、それが軍師の決められた手筈になつて居ります。

第一の影武者　刻限は？

鎧武者　合圖の鐵砲が鳴ります。

第一の影武者　今日の影武者は、敵に首を渡す前に腹を切るのだな？

鎧武者　さうです、死骸に火をかけて、面體を判らなくしてしまふのです。

第一の影武者　もしやり損なつたら？

鎧武者　そんなことはありません、われわれが三途の川のお供を致します。

第一の影武者　もし徳川家康に巡りあつて、その後を夢中になつて追ひかけたとしたら……？

鎧武者　七人の眞田幸村が追ひかけるのです。

第一の影武者　さうだ、さうだつた。それでも徳川家康が逃げおほせることになつてゐるのだから不思議だ。

鎧武者　さうです、味方は勝てば勝つほど減つてゆくのです。そして、敵は負ければ負けるほど殖えてゆくのです。

第一の影武者　だから籠城といふものは損だな。

鎧武者　これが昔の戰爭なら、きつと義兵を擧げる者がある筈なのですが……

部下の足輕　眞田幸村の旗の手が見えます。

鎧武者　（その方角に歩みよつて）あれは旗指物ばかりだ、本陣はもつと先の方に進んでゐる。

第一の影武者　あれは、どの手の眞田だ？

部下の足輕　合圖の鐵砲が鳴りました。

第一の影武者　張抜筒が一齊に鳴り出した。

鎧武者　まだ、まだ、城方が一ぺん敗走しなければならないのです。敵は次第にこの岡の麓へと迂廻し始めます。

第一の影武者　煙で何にも見えなくなつた。なにか燒けるのだな……まるで空の下に地下道が出來たやうに見える。

鎧武者　わたくし達は、敵を誘導するために一當て當てて來ます。（岡を下り始める）

部下の足輕　地面が震へ始めました。

第一の影武者　合圖の鐵砲が鳴つてゐる！

鐵武者　（聲だけ）　まだ、まだです。大將は、一番後で動けば宜いのです……

部下の足輕　お城の白い壁が見えます。

第一の影武者　風下になつて、火の粉を吹きつけてゐるのだ。

部下の足輕　お堀の水が押し寄せてきます！

第一の影武者　光つてゐる……あれは鎧や兜だ……だが味方か？　それとも敵か？

部下の足輕　旗を振りませうか？

第一の影武者　まだだ。戰場を見渡すのが大將の役目だと聞いてゐたが、漸く戰場が見えるやうになつてきた。

部下の足輕　これで討死するのは惜しいですね。

第一の影武者　討死？　お前はもしついて來れたら、俺の死骸に火をかければ宜いのだ。

部下の足輕　魚を燒くやうに、あなたの死骸を燒くことは出來ません。

第一の影武者　それなら、どうするのだ？

部下の足輕　わたしは、堺の町人どもを知つてゐますので、あなたを擔いで逃げます。

第一の影武者　死骸をか？

部下の足輕　そこのところはよく判りません。

第一の影武者　堺の町人どもが皆敵についてゐたら？

部下の足輕　そんな酷いこと！

第一の影武者　日本國中みな敵なのだ。その敵を一手に引受けて戰つてゐるから眞田幸村は偉いんだ。もしこの戰爭がなかつたら、人は何時まで經つても戰爭を憎むことは出來やしないんだ。

部下の足輕　わたしは戰爭を憎みます！

第一の影武者　眞田幸村は、戰爭と戰爭してゐるんだ。武士道を笠に着た武士どもがどの位ひ弱いか、宜いざまじやないか。眞田幸村が現れれば、どんな大將だつて捨鞭あげて逃げてしまふ。

部下の足輕　眞田幸村に勝たせたいものです。

第一の影武者　淀君や大野兄弟に守り立てられた大阪方に勝目のないことは知れたことだ。ただこれが天下分目の戰ひであつてみれば、もうこれつきり戰爭がないものとしてみれば、負ける方に付くのが武士道じやないか、それなら死ぬまで戰へる。

部下の足輕　でも、理は大阪方にあるのでせう？

第一の影武者　理窟はどつちの側にもあるさ。だが、それでもつて親兄弟殺し合つたり、人斬庖丁を振廻して、やれ天下だの、やれ道義だのと、怒鳴り立てるだけの理は、何處にもありやしない。もし大阪方が勝つたなら、戰國時代への逆戻りだ。

部下の足輕　でも、眞田幸村は？

第一の影武者　俺達が眞田幸村になつて死ねば宜いのだ。俺達が眞田幸村の最後を花々しくしてやれば宜いのだ。敵も味方もありやしない。人は、ただ、勝つべきものと、勝つべからざるものとを相手にして戰つてゐるのだ。……なにか、そこには亡びないものがあるぞ、弓矢の神も照覽あれだ！

部下の足輕　もしも私が武士だつたら、いや、私にだつて武士になれないことはありません。もう脚の震へはさつきからぴつたりと止つてゐます。

第一の影武者　敵を謀るより、己を謀れだ、俺は俺のなかに湧きあがつてくる凄まじいものを感ずる。（胸を張り出す）俺は、戰場を壓倒する、俺は高い櫓から飛び降りる、さうだ……俺のなかにも眞田幸村がゐる。

部下の足輕　武士は、相手が憎くなくつても相手が斬れますか？

第一の影武者　相手などを眼中に置くな、ただ藁束を斬るのだと思つて斬れ！

部下の足輕　自分を忘れるのですね？

岡の下で銃聲起る。

第一の影武者　その旗を振れ！

部下の足輕　（旗を振る）

第一の影武者　見事だ、なにもかも見透しだ。

部下の足輕　え？

第一の影武者　眞田幸村の軍立が見事だと言つたのだ。

伏兵一時に立上る。人馬の音。

第二景

前景に同じ。舞臺中景で白い幕が、岡の後半を中斷する。白い幕は、砲煙を現し、そのなかで鬪爭する人馬の姿を、影法師として後方より寫し出す。二三本流矢が飛んできて小笹のなかに立つ。舞臺下手より、大阪方の武者二人、鎧物具を引き千切られて、血に染んで岡を指して登つてくる。岡の中段で刺違へて死ぬ。小笹のなかで、姿は見えず蠢めくものがあつて、會話の聲が洩れてくる。

野武士の聲　かうして網を張つてゐるのは辛いなあ。

少年の聲　近いうちにお城が落ちるつて話しだが、それは本當かね、權十さん？

野武士の聲　それを待つてゐるのよ。雜魚を漁つたところで仕方ねえからな。だが、噂つていふやつは、かう何度も免疫になつてくると、當にならんからな、これで天下分目の戰ひだといふから、馬鹿々々しくつて見てゐられないよ。

少年の聲　權十さんは、關東方だね？

野武士の聲　方《かた》も糞もあるものか、俺はふだん威張りくさつてゐる武士どもをやつつけりやいゝんだ。俺は、どうせ博勞上りだが、馬でも人間でも大概その値打は判つてゐるよ。

少年の聲　でも、良い馬はやつぱり良いだらう。

野武士の聲　それはさうよ。だが、それも乘手によりけりだ。俺は人に頭を下げるのが嫌ひで、それにそんなことをしてゐる位なら晝寢をしてゐるよ。

少年の聲　そんなら、人に頭を下げない方の側につけばいゝじやないか。どうせ、いまのやうな、中途半端な生活は永續きはしやしないよ。

野武士の聲　おやおや、大層氣の利いた口を利くやうになつたなあ。お前等小童《こわつぱ》に何が判るもんか！　お前等小童《こわつぱ》まで、やれ關東方だ、やれ大阪方だと吐しやがる、さうした腐れ果てた武士氣質が癪なんだ、俺はさうした武士氣質を相手に戰つてゐるんだ。もしこの俺を泥棒だといふんなら、あの羣切馬どもが何だといふんだ！

この會話のうちに、戰場は次第に遠ざかり、二人の後向きの姿が、小笹の上に半身現れる。

少年 何もそんなに憤ることたあないよ。どつちかが好きだつたら、どつちか好きな側について立派に手柄が立てられるだらうと思つたのさ。それに苦勞は結局同じだらうからね。

野武士 苦勞だつて！ お前苦勞してゐる積りか！（考へる）負ける方の身になつてみりや、苦勞だらうさ。俺は苦勞が嫌ひなんだ。だが、それは俺ばかりじやないぞ、堺の町人どもでもみんなさうだ。だから、關東様、關東様よ、俺が苦勞してゐるのはな、言つて聞かせてやるが、この大刀の置き場所よ！ こいつが血を見なけりや承知しないんだ。

少年 苦勞をしないで血が見たけりや、首斬り役人になるんだね。

野武士 （何か考へてゐて突然笑ひ出す）あつ、は、は、は、首斬役人か！ そいつは痛快だ。馬殺しの權十が首斬役人か！ だがな、俺が首斬役人になつたら、首の欲つてる奴はゐなくなるぞ。死人の山を築いてみせら。（キッとなつて、自分の大聲に驚き、聲を落す）お前、俺をからかつた積りだな、だがお前だつて、この俺の歳までお釋迦様の面を拜んでみりや、てえげいこの世のなかのことが嫌になつちまふぜ。何から何まで氣に添はねえことで暮してみねえ、ぶつ壞しでもやらなきや腹の蟲が納まらねえ、あいつ等は一體何だつて戰爭してゐるんだ。俺の知つたことじやねえ、俺はな、奴等の弱り目に祟り目といふところで、引導を渡してやりやいいんだ。ざま見ろい！

少年 どうして、權十さんにしても、うちのお父さんにしても、さう捨鉢なんだらう。自分から進んで仲間はづれになつてゆくんだ。やつぱり何か怖いんだね。それは俺にしたつて怖いことは怖いけれど、覺悟を決めれば段々怖くなくなつてみせるよ。

野武士　何！　俺が怖いつて！　馬鹿野郎！　怖くつて人が斬れるものか！（大刀を拔き放つて少年の前に突きつける）どうだ、怖いか？　口先ばかり達者なことを吐し居つて、少しばかり度胸を試してやらうか。餘り增長した眞似をしやがると、いくら友達の小悴でも用捨はしないぞ！

少年　（顏をそむけて）何も權十さんに手向つてるわけじやないじやないか、刀を引込めてお呉れよ。それにお父さんのゐないときに間違ひがあつちや申譯ないよ。

野武士　間違ひだつて！　ふん、こいつ相當のどしやう骨を持つてゐるわい。（刀を鞘に收める）この男ばかりの世の中で、本當のおつ母を探すんだと言つて、ついこないだまで泣きくさつてゐたお前にしちや上出來だ。近頃大分樣子が變つてきたぞ、この分ぢやそろそろ親爺の片腕にもなれようといふものだ。（急に態度を變へて）よく見張つてゐろよ、戰爭がそろそろ下火になつてきた。

少年　（間）今日ね、お父さんが何處へ行つたのか知つてゐるだらう、それを敎へて呉れよ。

野武士　それはお前に聞きたい位のものだよ、かう歸りが遲いところをみると……おれ達をこゝまで出張らせて置いて、大事な捕物の間に合やしない。

少年　お父さんは眞田幸村の首を打取つて、誰だかの鼻をあかさせてみせると言つてゐるんだ。

野武士　それなら、誰だかといふことはないだらう、誰も彼もだ……

少年　だが、打取れるかね？

野武士　そりや、まあ、おみくじを引くやうなものだ。さうした氣休めを信じてでもゐなけりや……

少年　うん、この前も僞首だつたさうだね？

野武士　僞首だつたんじやない、いつの間にか僞首になつてしまつたんだ。俺がさうした幸運に巡り合つたわけじやないんだが、そいつがどうも腑に落ちないよ。きつと、人の功名を妬む奴の謀事なんだ。

少年　さうすると、もう、本當の眞田幸村はゐないんだね？

野武士　だが、待てよ、（間）そんな馬鹿なことがあるものか、さうなると何もかも理が判らなくなつてしまふじやないか。俺達にしたところで何も物盜りが本職ぢやねえ！

少年　なるほど、だからお父さんが誰だかの鼻をあかさせると言つてゐるんだね。その誰だかを叩斬つてもいゝ位の勢ひだつたからね……このまゝ天下一統になつちや堪らないつて言つてゐたよ。

野武士　さうかな、そりや、惡い奴はあつちにもこつちにもゐるんだが、いや、惡い奴でない人間なんかゐやしないよ。惡い奴等が寄つてたかつて戰爭をおつぱじめてしまつたんだ。こりや途方もない世の中だよ。だが俺達はどうすりやいいんだ、俺達はな……俺達は世の中の奴等をあつと言はせてやりやいゝんだ！

少年　俺は、權十さんとは少し考へが異ふよ。俺はな、立派な、いや普通の人のやうに、立身して手柄を立てたいんだ。だが、俺がさういふと、お父さんはな、お前の邪魔をしてゐる奴があるから、そんなわけにはゆかないといふんだ。俺は、大阪方だつて關東方だつてかまやしないよ、俺に出來るだけの働きをさせて呉れさへすれば、いまでも飛び出してゆき度いんだ。もし、お父さんが許してさへ呉れれば……俺はお父さんに親不孝したくないからね。そりや、お父さんがこのまゝにしてゐろと言やこのまゝにしてゐるよ。だが、本當のところ、このまゝにして居れるだらうか？

野武士　お前は、そこの藪の蔭に隱れて見てゐりやいゝんだ。さうすりや、軍の駈引といふものが判つてくらあ。お前を連れてきたのはな、お前を役に立てようつてんじやない、俺を見習へば、そのうちに呼吸が判つてくるよ。

少年　俺の言つてゐるのは異ふよ、俺はね、だんだん權十さんのやうになつてゆくのが恐ろしいんだ。

野武士　な、な、なんだと！

少年　俺は、眞田幸村が俺のお母さんと同じやうに、正體のあるものかないものかそれが知り度いんだ。お父さんはな、俺が何か聞き出さうとすると、その目附で「待て！」と言つてゐるんだ。だから、俺には濟まないやうな氣がしてなんにも聞けやしないんだ。それには何か深い譯があるに異ひないと思ふんだが、眞田幸村の方は全く別だからね……

野武士　そりや別だ。昔で言へば楠正成のやうなものだ。いや、もつと偉いかも知れねえ。

少年　ね、やつぱり偉い人といふものはゐるんだらう。もし、それが眞田幸村でなければ誰かほかに……

野武士　いや、他にや誰もゐねえ。そりや德川樣の御威光に會つちや、、御時世に會つちや敵はないかも知れんが、つまり、偉いといふ段になつちや、まるで軍の神樣のやうなもんだ。

少年　それじやどうして、その眞田幸村を打ち取らうつて言ふんだね？

野武士　そりや、その、つまり、理窟じやねえよ……それ以外に偉くなりようがないからだ。

少年　それじや權十さんも、やつぱり偉くなり度いんだらう？

野武士　俺か、うん、（耳を欹てる）人の足音がする、匿れるんだ、もつと下手の方に匿れて樣子を見よう……

少年と野武士、下手に匿れる。

少年の聲　おや、光るものが落ちてゐる。

野武士の聲　何んだ？　寄越してみろ。

少年の聲　これは鐵砲だ。

野武士の聲　いゝから寄越してみろ。うん、これはいゝぞ。まだ丸薬がはいつてゐる。

間。正面の白幕を押し破つて、眞田幸村の第三の影武者が現れる、附隨ふ三人の武者は、朱に染まり、鎧には矢が折れ懸つたまゝになつてゐる。

冑のない武者（刀を杖について）　木村重成の家來の眞田幸村には、味方も驚いたらう。

第三の影武者（木村助五郎）（六文錢の前立物を打つた兜を冠つて）　これで、殿の弔ひ合戰も出來たといふものだ。死に後れた眞田幸村に代つての弔ひ合戰だ。

冑のない武者　せめて、これを御主君に見せたかつたですねえ。

第三の影武者　いや、いや、これで澤山だ。木村重成は兜に香を焚き込んで討死したが、この助五郎は眞田幸村の身代りになつて討死するのだ。そのうへ、死んでからまた徳川家康を瞞す一役が殘つてゐる。

冑のない武者　まつたく、武士《もののふ》としては思ひ殘すところはありません。

第三の影武者　うん、見榮や外聞に戰ふんじやないからな、戰局を動かすなにかの役に立てば宜いんだ。それにしても、今日はよく戰つた。だが、みんなもよく戰つて呉れた。（前後を顧て）いよいよ人數も少くなつたな。まあ、みんな、ここで一息入れよう。

主從ほどよきところに座を占めて、足を投げ出したり、片膝を立てたりする。

冑のない武者（後を振返り）　どうやら城方は引取り始めたやうですね。

冑を冠つた武者　長曾我部が引取つてしまへば、敵はもう一度こゝまで大返しに返してきますね。

第三の影武者　俺はまだ、掠り傷を二つ三つ負つたばかりだ。も一泡吹かせてやるぞ。それにしても、今度は、他の手の眞田と一緒に落ち合はなければならんぞ。

冑のない武者　さうです、今度こそ最後です。

冑を冠つた武者　七組の眞田のうちで、この一手こそ家康を追ひ詰めたかつたのだが……

第三の影武者　いや、あれで、他の手にそのきつかけを造つてやつたから宜いのだ。

冑のない武者　それにしても家康は運の強い奴だ。

第三の影武者　逃げるが勝の世のなかだ、だが家康も夢見が悪いぞ。

冑のない武者　置いたものを取る積りでも、まだ日本の武士道は廢りません。

第三の影武者　先祖傳來、血で血を洗つた武門の譽れだ。町人共や臆病大名どもを手なづけて、天下太平風を吹かせ居つた家康が、さも救濟者面をしくさつても、自分の墓穴を掘るやうなものだ。天下を統一して後に何が殘る？　昔語りの戰爭の話を聞いただけで膽が冷えるだらう。

冑のない武者　われわれが討死すれば、これでまた、眞田幸村は家康の裏をかく謀事をたてるわけですね。

第三の影武者　眞田幸村の種は盡きないつて、眞田幸村は不死身だ！

　櫨十の匿れてゐた小笹のなかから一發の銃聲が起る、彈丸は第三の影武者の袖を掠めてそれる。武者二人、きつと叢の方に眼をやり刀を翳して躍り込む。櫨十は逸早く逃げ去り、一人の武者が少年の腕をとつて押さへ、他の武者が鐵砲を拾つて戻つてくる。

冑のない武者　曲者は、それか？

冑を冠つた武者　も一人の方は逃げてしまひました。

冑のない武者　その少年を、これへ連れて來い。

冑を冠つた武者　（少年を第三の影武者の前に引据える）**お前は、敵方の間者か？**

少年　（身を藻掻きながら短刀を取り落す）**お手向ひして済みません、あんまり突嗟だつたので、つひ……**

冑のない武者　お前、土民の子か？

少年　異ひます。

第三の影武者　放してやれ。お前、見事この眞田幸村の首を打取つてみるか？

少年　…………………

冑のない武者　いや、こいつ等ですよ、こいつ等は、戰場の蠅です、以後の懲めに……

冑を冠つた武者　こいつ等が、先だつて木村重成の貰ひ首をした奴等の手先かもしれません。

第三の影武者　まあ、いゝ、放してやれ、たかが子供じやないか。どうだ、眞田幸村の首が欲しいか？

冑を冠つた武者　（少年を放し）動くと叩斬るぞ！

少年　（地面に座り）鐵砲を撃ちかけたのは私じやありません、私はただ……

第三の影武者　お前は何をしてゐたのだ？

少年　………………

第三の影武者　お前は誰に言ひつけられてきたのだ？

冑のない武者　素直に白狀しないと……

少年　はい、いま、白狀します、私はただ……

第三の影武者　うん、ただの百姓の子とも見えないが、場合によつたら手柄も立てさせてやらう。

少年　手柄？

第三の影武者　うん、同じ貰ひ首でも、ただの貰ひ首とはわけが異ふぞ。

少年　そんなことをしたらお父さんに叱られます。

第三の影武者　お前の父は武士か？

少年　いゝえ、郷士です。

第三の影武者　そのお父さんに言ひつけられて來たのか？

少年　いゝえ、異ひます。私はただ、戰爭が見たいので、權十さんの後についてきたのです。

冑のない武者　權十とは誰だ？

少年　いま鐵砲を擊つた男です。私は留めようと思つたのですけれど……

冑のない武者　ふうん、さうすると何だな、野武士どもだな？

少年　さうです。でも、お父さんは考へがあつて……

第三の影武者　よし、判つた。ここはお前等が出て來るところじやないぞ、男同志が命の遣り取りをする場所だ。間違つて怪我でもしたらどうするのだ、お前がその積りでも相手が許さんぞ。早く家に歸れ、家に歸つたらお父さんに、本當の武士といふものは惡びれた眞似をしないもんだといふことをよく言つて聞かせてやれ……それから、眞田幸村の首は貰へなかつたとな。だが俺の顏をよく覺えて置けよ、お前は正直だからそれだけでも手柄にならうといふものだ。

少年　私は、私は行つても宜いのですか？

冑を冠つた武者　でも、このまま……もし……これでも敵の片割れ……

第三の影武者　心配するな、どうせ俺達は死にゆく身の上じやないか。それにこの少年の面魂には天晴れなところがある。（左右を顧て）他日の役に立たんとも限らん、そら、當座の褒美だ。（金の采配を投げ與へる）それを持つて、早くこゝを立退け！

少年　でも、もし私が疑はれてゐるとしたなら……私は、まさか眞田幸村に巡り會へるとは……いまでも、お役に立つことが出來たなら……まるで夢のやうで……私はただ……

冑のない武者　お前の勇氣に免じて許してやるのだ。早く行け！

少年　でも、本當の幸村は……討死……

第三の影武者　何？

少年　私にお供をさせて下さい。

第三の影武者　馬鹿！　死出のお供がなるものか、早く行け！

少年　私には、やつと……何かが判るのです。私はもう……

冑のない武者　いゝから、早く行け！

少年　はい。（金の采配を拾ひあげる）私はこの采配に從ふのです。何日かは……きつと、私がこの采配を、（起上り）……それでは、お許し下さい、私は走つて歸ります。私は走つて歸つて、間に合はせなければなりません、何もかも話すのです！　何もかも話して、あの權十などを相手にしないやうに、お父さんに言はなければなりません！　私達は、何も恩賞などを……さうです、立派な人になるのに、立派な人を殺してはならないのです。走つて歸ります。きつと私達は役に立つんです！　きつと……

　少年、目禮して、いつさんに岡を馳け下つてゆく、途中で一度振返へる。

第三の影武者（少年の姿が見えなくなつて）不思議な小悴だ。だが、俺にもあんな子供時代があつたのだ。

眉のない武者　それでは、われわれも。

第三の影武者　よし、行から。

　主從四人、岡を下らうとする動作、竝んで戰場を俯瞰する。

第三景

　村里近い田舍道。あたりの田畑は戰禍に遭ひ荒廢し、掘返した土のあとが生々しい。晩景に近く、鴉の群が鳴き連れて飛んでゆく。道側に壁の落ちた尼寺があり、二三本の木立を背景とする。道の一番速い左端から、第一景の部下の足輕が、笠具足などを脱ぎ捨て素足のまゝ歩いてくる。

足輕（御宿勘兵衞）この先だな、いまならまだ取り返しがつく、いまならまだ落ちようと思へば落ちられる。だがそれでは、（後向きになり、後向きになつたまゝ歩く、獨白）まかり間違へば捕へられて殺されるのだ。なぜ俺は討死をしなかつたのだらう。もし俺があのとき蹬きさへしなかつたら、たつた一人にさへならなかつたら、こんなつらい思ひをしなくても濟んだのだ。俺が和歌山の漁師で暮らしてゐればこんなことはなかつたのだ。……七人の眞田幸村が一緒に討死したといふ噂は、あつちでも、こつちでも聞いた。そのうちに影武者の伊藤圓右衞門が討死してゐない筈はない、それだのに俺はのめのめと……俺は魚を燒くやうにその死骸を燒く筈じやなかつたのか、それなら、まだ出來たのだ……いまとなつては、誰一人賴るものさへなく、自分で決心しなければならないのだ……俺は逃げれば宜いのか？……俺は隱れてゐた……俺は俺を笑つてやらうと思つたんだ……俺には人を斬ることなんど出來やしない。なぜ人を斬るのだ？　誰かを好きになると、誰かの爲めに誰かを斬らなきやならん、それが戰爭つて言ふものなのか？　俺は、誰かを好きになつて、次第にみんなを好きになるんなら、やつてみせる。それなら俺の性分に合つてゐるんだ……俺は一人になりたい。俺は自分で自分を斬つた方が、まだましだ。それなら出來るぞ、それならきつと出來る……だが、俺はどうしたんだらう？　俺はまだ何も決心しちやゐない。誰だつて何も決心してゐないうちに、どうかなつてしまふのだ。いけねえ、俺はどうかなる……俺はこのまゝどうかなつてしまふ……だが待てよ、昨日の夜戰爭がはじまつて、俺はこゝまで來たんだな。俺は何しに來たのだらう？（あたりを見廻す）まるで死のやうな靜かさだ。何もかも死んでしまつてゐる。俺は前に、それとも……後に……こりや、どうも方角が判らんぞ、（前向きになる）さうだ、俺は、俺が果さなかつたところの約束を果さなけれやならんのだ。俺は道明寺へ行つて伊藤園右衞門の首を貰つてこよう。さうすれば、第一の影武者が眞田幸村になつてしまふのだ。なぜ？　俺が腹を切る、さうすると何もかも生き返つてくる。地雷火だ、火の海だ、俺が……俺一つの決心で、俺にも判らなかつたことがひつくり返つてしまふのだ。死花を咲かす、確かさう言つてゐたな、さうすると俺は死花に死花を咲かす……俺は、家康が首實檢をしてゐるところへ行つて、眞田幸村の首拜領を願ひ出る、俺は大阪方でも御膳部の勤番だ……首を貰つてから、何處かに葬むつて、腹を切る……これなら間違ひなしだ。……さうすると、どうしてこんな考へが浮んで來たのだらう、俺にやつてのける勇氣があるか？　俺は本當にその積りなんだらうか？　人を瞞すことが出來れば、自分をだつて瞞すことが出來る、いや、瞞すんじやない……瞞すんじやないぞ……御宿勘兵衞といふ男の最後……いやいや俺はこれを突き拔けるのだ……何處かへ行つてしまふのだ……この瀨戸際を越してしまへば……急ごう……ぐづぐづしてゐるとまたやり損なふぞ……ぶつつかるのだ、眼をつぶつてぶつつかるのだ。さあ、俺は、もう迷つてなんかゐないぞ！

尼寺の耳門を押し倒し、二人の尼僧が風呂敷包みを背負ひ、畑を横切つて逃げてゆく。

足輕　（尼僧の後を見送つて）さうだ、人に見つかつちや、いかんのだ。敵方のものに見つかつちやいかんのだ。（道側の藪に匿れようとしてまた現れる）だが、どうせ見つからなければ、大御所の本陣までは行かれないぞ。誰かに聞いてみなくつちや、先づ樣子を探つてみなくつちや、もうそんなに遠くはない筈だ。だが、この道を眞直ぐに行つていゝのかな、誰かに道を尋ねたいものだが、合憎誰も通らんぞ、軍役の雜人か何かに行會ひさうなものだが、暫くこゝに腰かけて、待つてみようか……（寺門の端の倒れた石の上に腰をおろす）

鄕士風の男、腰に一刀をさして、同じ道を急いでくる。御宿勘兵衛の前を通り過ぎ、振返つて足を止める。

鄕士（二宮太左衞門）　（足輕に）一寸お尋ねしますが、もしかして、十五六の少年をお見かけではありませんでせうか？

足輕　私は、旅の、いや、この附近のものでないので、つい……（立上る）

鄕士　不意にお尋ねして、それだけでは何のことが判りませんが、十五六の、背の高い、つまり私の忰ですが、それらしいものを、こゝいら邊でお見かけではありませんでしたらうか？

足輕　（相手の顏を見守り、首を振る）いゝえ……

鄕士　（會釋をして行きかゝり又後戻る、と同時に足輕の方から二三歩近づく）あなたは？

足輕　人柄をお見かけして、お尋ねするのですが、あなたは、關東方の御用人でも……？

鄕士　いや、さうでもありません、一寸急ぎの用で……

足輕　私は、これから、德川樣の本陣を尋ねて行かうと思つてゐる者ですけれど……その道が……

郷士　はゝあ、さうすると、（相手の姿恰好を眼で確めながら）この道を眞直ぐにお出でなさい。かれこれ二丁半もありますかな、左側に地藏樣がありますから、それを左について曲るのです。さうすると間もなく右側に杉並木のあるところに出ますからね、その並木に沿つてお出でなさると、えゝ、一寸道が曲りくねつてゐますかな、でも、附近は畑ですから間違ひつこありませんよ。そこからもう先の方に土橋のあるのが見えてゐます、その橋のところに警固の武士の詰所がありますから、そこに行つてお尋ねなさい。

足輕　もしかして、私を、怪しい者だと言つて、そこに突き出しては貰へませんでせうか？

郷士　え？

足輕　もつとも、御迷惑だとは判つてゐますけれど……

郷士　迷惑も何も、それがわたしに何の緣があるといふのです？　私は德川樣の御用人でも御家人でもありませんよ、つまり、怪しからうと怪しくなからうと私の知つたことじやありません！

足輕　私はまた、誰でも……私の恰好を見たなら、私は城方から拔けてきたのです。

郷士　ははあ、すると、何か密告でもなさらうといふのですか？

足輕　いえ、私は眞田幸村の首を貰ひに來たのです。

郷士　何ですつて！　これは、どうも……益々、あなたには……

足輕　ね、それなら充分に怪しいでせう。私は、あなたのお人柄をお見立てしてお願ひするのです、もし下手にやり損なふと……

郷士　だが、また、何だつて眞田幸村の首を？　まるで藪から棒に……

足輕 私は、眞田幸村には、海山よりも深い恩義のあるものです。せめて、その首を貰ひ受け、手厚く葬り……無論私は腹を切つて相果てる覺悟で。

鄕士 （考へる）ふーん、まさか、この私にその保證人になつて呉れと言はれるのではありますまいな……？

足輕 とんでもない、かうなれば何もかも包まずに申上げねばなりませんが……私は御膳部勤番の者で、御宿勘兵衞と申します。昨日の戰ひに、眞田幸村は其他の影武者達と一緒に討死されましたので、せめてその首を……首實檢の御幕內に參上し……

鄕士 首實檢の話は、私も聞いてゐるが、いづれも半燒で、とんとどれが本物やら見分けもつかないといふ話で、勿論あなたにはお判りでもありませうが……それにつけても、あなたとは奇妙なところで巡り合つたものです。こんなことがあり得るでせうか？ これは不思議です、不思議な因緣です！ かうなれば私もお隱し致しません。私は、二宮太左衞門と申すものですが、實は、私の悴が昨夜の戰場に紛れ込んで、眞田幸村を襲つたのです！

足輕 何と仰言います？ すれば、あなたは敵方の……

鄕士 いや、それも關東方として出陣したわけではありません、あなたが命がけなら、あなたの話に詐りがあらうとは思ひません、こりや、何もかも打明けねばなりません、なにも敵方などといふやうなものではなく、（相手を道の端に伴ひ）まあ、聞いて下さい。そのために悴を探してゐるのですが、私はきつと殺されてしまつたものと思つて、一緒に行つた權十といふ仲間を斬つてしまつたのです。それは、私も惡い仲間と一緒に仕事をしてはきましたが、それは子供の出世を思へばこそで、あの手合ひとは……鐵砲を擊ちかけておいて、怖くなつて、自分だけ逃げるとは……何もかも私の計畫をぶち壞してしまつたのです……私は何も、眞田幸村に怨みがあるわけではなく、子供としてもその積りだつたのです……

足輕　すると、どの眞田幸村だつたのですか？　もしか影武者、そのうちの……

郷士　さう、それは影武者だつたかも知れませんね。忰に會へれば、もつと樣子が判るのですが……權十の奴、子供を見殺しにして置いて何かと楯をつくので、つい叩斬つてしまつたのです。

足輕　で、お子さんは無事だつたのですか？

郷士　えゝ、人づてにですけれど、そのまゝ許されたさうで、相手も子供だと思つたのでせう……でも、早く巡り合はないと、私も計畫を立て變へなげればならないのです。もう緣者や親類を當にして、子供の身の振方をきめるなどといふまだるいことは捨ててしまひました、つまらん未練からこの何年間か迷つてきたのです……あなたとは何かの御緣がありさうなのですが、いま死にに行かれる身の上とは、いや、私も死ぬべきときに死なゝかつたので、つい恥を曝して、この始末です。だが、あなたには全くもつて感じ入りました、見上げたものです、武士のはしくれであつてみれば、行く可き道は只一筋……

足輕　いや、そのお言葉では冷汗をかいてしまひます。私は漸く……戰場から落ち損なつて……こゝまで戻つてきたのです、考へてみれば、家康の裏をかいて、まことの眞田幸村の討死を……

郷士　（手を擧げて相手を制す）　いや、わかりました。あなたは、私がやらうとして出來なかつたことを、つまり反對なことをやらうとしてゐられるのです。これ以上何も聞くことはありません。かうなれば、ただあなたの御首尾を願ふばかりです。私がお供してはかへつてうまくゆかないかも知れません……えゝ、これはもう素晴しいことです、これこそ奇蹟の現れと言つてもいゝ位です。私にも多少の部下が居りますので、お噂はきつと撒き散してみせます。それに城方へも……えゝ、誰か使ひを出しませう……しかしあなたは？

足輕　それでは、あとはあなたにお委せして……だが、あなたの御子息は？

鄕士　いづれ遠くへは參りますまい。私は一先づ何處かに身體を匿し……しかしあなたは？　そのお身なりでは、怪しまれるもと……

足輕　でも、私はこのまゝ……行くより……

鄕士　いや、お待ちなさい、私の羽織なりと、せめて……（二人は手早く羽織、帶などを取換へる　この方が、何かと好都合でせう。それでは人の來ないうちに……

足輕　この御恩は、決して仇には……

鄕士　いや、いや……いづれはわが身も同然……せめてもの好誼の印……

足輕　あゝ、もう後には一歩も……

鄕士　それでは御免。（走り去らうとして、再び呼び止める）　あの、一寸、こゝに少し……

足輕　え？　（行きかけて振返る）

その瞬間、尼寺の蔭から、軍夫四五人を從へた三人の武士が駈けよつてくる。聲々に「御用」「御用」と叫ぶ。鄕士は素知らぬ顔をして行き過ぎようとする。

捕方の武士一　（鄕士に）　お前も待つた！

捕方の武士二　（軍夫と共に足輕を取圍み）　神妙にしろ！　手向ひをするか！　それ、召捕れ！

足輕　私は怪しいものでは……たゞ、これから……

捕方の武士二　うるさい！　こゝを何處だと思ふ、お前等が立入るところぢやないぞ！

足輕　私をどうか御本陣まで……

捕方の武士二　何？　申開きがあるなら、出るところに出てから饒舌れ！（部下に）それ、この曲者を縛つてしまへ！

足輕　決して、お手向ひは……（素直に相手のするがまゝにまかせる）

捕方の武士一　（捕方の武士二が足輕を捕へてゐる間に）こら、逃げるか！

郷士　私は通りがゝりのもので、そつちの男とは關係がないのです。

捕方の武士一　默れ！　口答へをするか！

郷士　人の見境へもなく、お前さん達は、何を血迷つてゐるんだ、それで御用が勤まるか！（身構へる）

捕方の武士一　や、こいつ、（部下に）それ、ひつ捉へろ！

郷士　俺を誰だと思ふんだ！

捕方の武士一　何！

郷士　他人の側杖を喰つて、堪るかつてんだ！　近よると叩斬るぞ！

捕方の武士一　それ、こいつは城方のものだ、油斷するな！

郷士　馬鹿野郎！　後で後悔するな！（躊躇ひながら組み付いてくる相手の一人を投飛ばす）狼狽者奴が、こゝは天下の大道だぞ。大方お前等は盗人の手先だらう！

捕方の武士一　（刀を拔き放つて）それ、こいつを逃がすな！

大勢の者、刀や棒を振り上げて、郷士に打つてかゝる。郷士は、これを左右に投げ飛ばし、叢の繁みを小楯にとつて、八方に眼をくばる。

郷士 （刀の鯉口に手をかけ） お前等は命が惜しくないのか。死にゆく人の心に較ぶれば、お前等は田の畦を飛ぶ蛙も同然、面を洗つて出直してこい！ お前等が似合ひの敗殘兵の後を追つかけ廻すので、騒ぎが大きくなるばがりで、まるで戰爭はそれで持ちきつてゐるやうだわい！ そちらの御仁を、（顎で足輕の方を示す） 生捕つたのを、手柄にして、とつとと行きやがれ。仔細を聞けば、弱きを助ける男の意地、助太刀してもお救ひ申すところだが、とんだ飛び入り、手荒だてには愛想をつかし、見事無實の證を立てられよう御所存も知れぬ……それとも、いづれは敵味方、役儀を笠に無法を働き、天下の通行を邪魔立てするなら、どいつこいつの用捨はないぞ！ そら！ ゆくぞ！ 木葉武者！

郷士、掛聲と共に斬り込むと見せて、さつと身をかはし、畑を突切つて、忽ち見えなくなる。誰も後を追ふ者がない。

捕方の武士二 やあ、逃げたか、口ほどもない奴だ。

捕方の武士一 あの位懲しめて置けば、もう近づくことはあるまい、今度きたなら命がないからな……

捕方の武士二 （部下に） さあ、行かう。お前等手ぬるいぞ。（足輕に） さあ、起て、きつと泥を吐かせてみせるからな。

足輕 （歩きながら） 私は何も知らないので、私はただ……

大方お前も、あいつ等の片割だらう？

捕方の武士二 よし、よし、早く歩け……さもないと……

足輕 私は、歩く、私は行く……私は、行くんだな？

捕方の武士二及び部下 何をぬかす！

足輕 こんな目に會ふとは……お前達は敵ばかりのなかで……

捕方の武士二　繰言を言はずに、歩けつたら！

足輕　私は、もう逃げられないんだ。逃げたら、また……

捕方の武士二　誰が逃がすものか！

部下の者、足輕の腰のあたりを蹴る。

足輕　私は、會ふ人に會へば判るんだ。……さうだ、私は約束したんだ、心に誓つたんだ！

捕方の武士二　何！

足輕　俺は、もう、誰も怖れてなんかゐないぞ！　俺は生きるんだ！

捕方の武士二　吠えるなつたら！　も一人の奴だつて叩斬る積りなら……

足輕　俺は死んで、生きる。さうだ、（半ば獨白）きつと、どうかなつてみせる、きつと……

部下の者　さつさと歩け！

足輕　俺は、歩く、俺は、行く……

足輕を縛つた細尻を把つて、大勢の者舞臺を去る。晩鐘。

――幕

（續く）

浚渫船

岡本潤

車窓の彼方に渺茫とひろがる湖水。廻轉する周邊。青一色に溶けあふ山と水と空と、波うつ光線……。

この廣袤のなかで、あいつは如何にもちつぽけで、みすぼらしい。それになんと古ぼけた姿だらう。眞黑いゴミ箱に腕木をくつつけたやうな不細工な恰好だ。岸に近い水底の泥土をさらつてゐるのだが、浮いてゐるのか半分沈んでゐるのか、あやしげな姿勢だ。赭黑い泥炭の煙をぼそぼそ吐いてゐる。

たちまち、列車は轟轟たる音響のうちに橋梁を通過し、山も水も岸邊も、すべて空間の物象を時間の急流に變じ、背後へ背後へと追ひやり、疾走する……。

だが、僕は幾度も見た、乘客となつて此處を通過するたびごとに、いつも時間の外におきざられてゐるあいつを。幾年も、幾年もまへから、廣袤のなかの一つの黑點のやうに、いつでもあの邊にポツンとゐるあいつを。

とはいへ、侘びしいとか、孤獨だとか、そんな人間くさい形容は、あいつには適切ぢやない。絕對、そんなものぢやない！

ある時、湖面いつぱい濃密な雨雲に蔽はれ暮れゆくなかで、空と水とを引裂く凄まじい稻妻があいつの姿を鮮明に浮きたゝせた。一瞬、それは古代の軍神《マルス》のごとく、僕の眼底に烈しく灼きつけられた。

——以來、都會のどぶ臭い運河などで、あいつの同類が作業してゐるのを見ると、僕の胸はふしぎな興奮にうちふるへる。

西瓜子を嚙む

内山完造

人定法、不是法と云ふ支那の諺は、私共と支那人との喰ひ違ひを最も簡單に云ふて居る。

法治國とは法によつて治める國のことである。近代の國家にして法治國でない國はない。支那自體さへも革命後は法治國となつたのである。中華民國は疑ひもなく法治の一國であるのだ。而も此の法治國には人の定めた法は法ではないと云ふ諺が人口に膾炙して居るのである。支那が何程其の形式に於いて法治國となつても、その抱擁する富の人人の頭には四千年の經驗の結果としての人定法、不是法と云ふことがトグロを卷いて居るのである。此のトグロをほどかして追ひ出す仕事は、ナカ／＼一通りや二通りの事ではないと私は思ふ。

支那人生活の特色の一つに西瓜子《シイクオツ》を嚙むことがある。水瓜の種を干して煎つてある。蘇州が有名であるが、廣東も有名である。支那語は北京語に上海語に福建語に廣東語と云ふ風に全く外國語のやうに違つて居るが、西瓜子を嚙むことは全國を統一して居るやうである。國法に據る統一は出來て居らんが、西瓜子は天下を統一して居ると云ふことは出來ると思ふ。時々支那はトテも統一なんて出來ないと以前よく言はれた。其の時私は、イヤ出來る、出來ないと云ふ考へ方は間違つて居る、支那の統一が出來る證據は西瓜子が全支那人に普遍して居る實際を見ればよく解る、と云ふたことがあつた。瓜子大王と云ふことは此處へ持つて來ても多少の意味を持つ樣である。此の西瓜子は日本のお茶菓子である。お客があると、お茶を出して西瓜子を出す（瓜子は西瓜子で代表されて居るが、實は南瓜子、香瓜子などと云ふカボチヤの種やヒマワリの瓜もあるのである）。日本のお茶菓子は何んの意味で出すのかハツキリしない習慣であると思ふが、支那の西瓜子はハツキリと時間つぶしである。多勢が集まる時などの待ち合せにこれを噛む。三日食べても腹はふくれないと云ふ丈けに、少々噛んでも決して胃につかへたり腹が張つたりするものではない。獨り無聊で困つた時などにもよい。日本の煎豆と其の質に於いてよく似て居つて實は非なるものである。豆は腹が張りガスが發生して、ヤガテ飛んでもない爆發騷ぎで赤面したり臭かつたりするものだが、西瓜子に至つては斷じてそのうれひなしである。安心して時間を過ごし得るものである。消閑の友とでも云ふべき誠に面白いものである。此の西瓜子を噛むと云ふことを考へ出した人が誰れであるか一向解らんが、其の功や實に殊勳甲であると思ふ。流石に人間生活に吾等に比して千五年の大先獵である丈けに、梅の種の中の俗に天神樣と云ふ奴でも、杏子の天神樣でも食べる。種の中の仁を食ふとは偉いものだと思ふ。

　西瓜子はナカ〳〵食べるにむつかしいものだ。私の友人豊子愷君は西瓜の種を食べることと云ふ實に面白い隨筆を書いて居る。西瓜子は吾々にはナカ〳〵噛みは出來るが食べることは容易でない。それ故に私は西瓜子を噛むと書いたのである。西瓜子が天下を統一して居る最大の原因は、甘いとか辛いとか苦いとか酸いとか云ふ樣なハツキリした味が無いそれであると私には思はれる。米や麥が天下を平定して居るのと同じことであると思ふ。濃肥辛甘は眞味にあらず眞味はタヾ是れ淡である。西瓜子のアノ淡なる味こそは眞味であるのだ。眞味なるが故に天下統一が出來たのである。モ一つ西瓜子の偉大さがある。それは平和の大天使であると私は思ふ。彼れと友ならんとすれば、如何なる場合にも心平らかにして人和して居る時でなければ此れを噛むことが出來ないのである。かりそめにも憤激したり亂暴したりする時には一粒の西瓜子も噛んでは居られないのである。彼と友なる時は斷然心平らかなる時でなければならん。私が平和の大天使であると云ふ所以である。眞味なるが故に平和の天使たり得たのか、平和の天使なるが故に眞味であるのか、私は知らんが、兎に角天下を統一する共の力は吾等の學ぶに足るものであると私は思ふ。再びここに瓜子大王の尊號を合掌して此のペンを擱く。

顔

河西新吉

多分列車がF驛に停つた時分からか、とにかく僕には判然と憶えはないのだが、おそろしく長い、眼球の三角に飛び出た蒼白い相貌の男が、何時の間にか僕の眞向ひに座を占めてゐるのだ。ソフトの蔭の部分でその眼球は思ひなしか時々怪しい光を放つやうだ。何處かで見憶えのある顏であるが、僕の記憶はいたづらに空廻りするだけであつた。

窓外を向いたその男のプロフィルは花王石鹼のマークそつくりなんだが、矢張り想ひ出せないのである。僕は冷水を浴びたやうに寒々とした惡感を全身に感じてきた。やがて男の顏は擴げた新聞紙の中にかくれてしまつたが、もはやその顏ははなれ難いものとなつてありありと新聞紙を透して迫つて來るのである。

と、暫くして、ダダダ……と激しい地響をたてながら幾臺かの小型タンクが軌道と竝行した一本道を走つていくのが認められた。その瞬間、不意に電光のごとく閃くものがあり、この不可解な男の顏の謎がとけた。

もう二週間は經過しただらうか。――僕はひどく嬉しいことか、ひどく面白くないことがある度に酒を一杯やる癖がある。ちか頃はひどく面白くないことが連續してくるために、毎日ぱい一ひつかけてゐたが、その日は如何なる風の吹き廻しか、豆タンクのニックネームのある、それ故に無神經な程人使ひが荒く、正比例的に人件費をけちけちくすねる社長が、思はぬ利潤を占めたと假定しても當らずとも遠からずの機嫌態よろしく、まあこれで御飯でも喰べてくれ給へ、と僕等社員——と云つても全部ではない、つまり取卷連に金をくれ、僕は又その取卷連の懷中にたかつて飮んだといふ始末で、あまり美味い酒でもなかつたけれどさんざん豆タンクを罵倒していくうちに氣をよくし、段々醉が廻つてくると天下を取つたやうな寛大な精神となつてどうせわれわれは豆タンクなんかに眞心から敬服してゐる譯でもなし、又あんなけちな會社に生涯をかけてもゐないんだから問題にする必要もあるまいなどと、莫迦に豪氣な言說を弄しはじめた。それから僕はひどく醉ひどれて、だからいつものでんで、その邊を一目散に驅けはじめた。さうすると醉がますますまはつてきて、極めて經濟的であるからである。驅けつづけてゐるうちに、ふと電燈の照明に映えたにぎやかな極彩色の玩具の山に子供のやうに引きつけられ、店の中にふらふらとまぎれこんでしまつた。さうして、ここに一握りほどの小型タンクを發見したのだ。ネヂを卷くとヂヂ……と甲蟲のごとく動き出す。それが無性に可愛い。なるほど、かうして見れば社長も案外兒童のやうな無邪氣な性質があるのかも知れない、とすれば敬意を表しますと云つてこいつをみやげに鼻先に突き出したら、一體社長はどのやうな顏付きをするだらうか。不圖そのやうな惡戲心が湧くと、僕はあるだけの小錢を其の場にほうり出して玩具のタンクを握るがはやいか、再び一目散に驅け出したものである。がとある四ツ角で（確かに側に公衆電話室か、それともポリスボックスかがあつたやうだが）火花が散るほどのいきほひで一つの顏にぶつつかつた。その顏は夜眼にもはつきりとわかる蒼白さでにやにやしてをり、しかしその飛び出た眼球だけは怪しい光を放つて僕の方をヂッと瞶めてゐるのだ。いけませんね、子供のやる惡戲をなさつては、さあ先刻持つていつた品をお出しなさいと僕の手からおとなしく豆タンクを取り上げてしまふと、たちまち影のごとく消え去つてしまつたのであるが、今眼前に現はれた顏こそ、まぎれもないあの晚の顏である。

僕はまだ昨夜の醉からさめないのかも知れない、どうも頭が變である。そこで僕は洗面所ですつかり頭を冷して席に戻つて見ると、もうそこにはその顏はなかつた。かはりに新聞紙が一枚殘されてあり、見出しの一つに——イラン國王退位・英ソ兩軍、テヘラン侵駐——とあつた。

—一六・一〇・八—

× × × ×

リューデリッツラント

（七つの物語り）

ハンス・グリム
熊岡親雄譯

2、河畔の農園

なん時間もなん時間も、西南アフリカの南部にトラックを走らせた人は、この地方を涯しない褐色の草原として、また、風雨に曝された赤い粘板岩が地肌に見え初めるところでは、涯しない赤色の草原として、腦裡に刻みつけるであらう。決して達することのない空の一角には、連綿たる山の背が、ぽつねんたる山の姿が、或ひは白く、或ひは青く、或は濃灰色に、いつも聳え立つてゐる。

灼けつくやうに暑い、乾燥しきつた草原地帶に、眩ゆい燃ゆるやうな太陽、暖かさうな月光、時には涼しさうな月光、あふれる許りの星屑以外のものがあるなどとは、殆ど思ひもよらないことのやうに思はれる。だが、そこには、魚《うを》河の、廣くて平坦な河床がある。河床に層をなしてゐる肌目の細い砂、河邊《べり》の麒麟《ジラッフェン》アカシアや、白荊棘《とげ》の樹に吸ひあげられる少し許りの河水、それればかりか、根こそぎにされた叢までが、いつか、迚も信じられないやうな時、迚も信じられない程もく〳〵たる雲から、迚も信じられないやうな雨が降つて、その水は草原のあひだを奔馬の如く流れ狂ふに相違ないことを示してゐる。

魚河の、廣くて平坦な河床に寄りそふやうに、それと同じ位廣く、同じ位平坦な朝見《てうけん》河の河床が並んでゐる。朝見河の廣い河溝は黑縁《シユウアルツ・ラント》の方から流れて來る。自然はその廣い河溝を廣い砂丘で取り圍んだ。砂丘は銀色をなし、砂丘以外の平地は赤いトロ土である。肌目の細かい砂が、赤いトロ石を含んだ大粒の赤いトロ土に移つてゆく砂丘の緣には、僻陬の農家が、西南アフリカの奥地にとりのこされたやうに立つてゐる。

白人に征服された日から千九百七年にいたるまでのあひだ、この河溝にときおり現はれては消える洪水の農家に危險をおよぼすものもなく、また洪水が五百米の砂丘を越して氾濫するなどといふことも、ついぞホッテントット人の口から聞かされたことはない。ホッテントットはついぞ口にしなかつた。が、獨逸人に對しては、彼等ホッテントットは八十年のあひだ、この土地の主《あるじ》として振舞ひ、この地で狩獵をつゞけてゐた。

朝見河の畔にある、かういつた農家の一つを、農場主コッホは自分の農園カビアイスの中に建てた。彼が第一回の獨逸派遣軍にまぢつて、獨逸から西南アフリカへ來た時には、彼はもう餘り若い兵隊ではなかつた。といふのも、彼をひきつけたものが、市民らしくない幾分の冒險心と、兵隊は年限を終へればかなり廣い未開地の所有を許されるといふ、市民的な多分の期待とであつたからである。

扨て、彼の場合もその限りにおいては總て思ひ通りになつた。

彼は或ひは戰役に、或ひは平時に、この地方の風景に親しんだ。が、彼は騎兵の生活に害はれることなく、酒も飲まず、前々から望んでゐた妻を貰ひ、最初からよく働いたので、その、故郷にゐる時分から好きだつた妻を呼びよせることができた。彼は働き者でとほり、そればかりか、夫婦ともそろつて、尊敬と好意と親みのこもつた名聲をうけてゐた。彼等の結婚生活には子供が惠まれなかつた。

千九百十五年、武裝のない獨逸領西南アフリカには、ヨーロッパに起きた强國間の戰爭の成りゆきから、一時南アフリカのブール人や英國人がどしどし入りこんで來た。獨逸人のあひだでも、實際、またこの侵入者達のあひだでも千九十五年から千九百十八年にかけて、誰一人として、再び統治權が獨逸へ戻るのを疑ふものはなかつた。だが、獨逸人にとつて、火事泥式の外國主權の下でそれを待つてゐることは、苦しい、我慢ならないことだつた——といふのも、かうした外國主權なるものは大抵、守備兵を出してゐる國の全權委員だつたからである——本國からの便りもなく、又、祖國に住んでゐる緣者や知人の生死も知らずに。

朝見河畔に住む農場主コッホとその妻は、獨逸警察の巡査ルーを、ファールグラースから呼びよせた。彼は、獨逸役人のご多分にもれず、別に勤務といふものをもたなかつた。だから、戰後また彼の巡察がはじまるまで、一緒に住まうと云ふのである。家族の一員としてもう一人、年老いた農場の助手、シュピースが一緒に生活してゐた。このシュピースも、戰爭が起つたために二進も三進もいかなくなつたので、誰が管理人を求めたわけでもなく、また、誰が使つて呉れと申しでたわけでもないが、この國から外處《よそ》へ旅行することは、獨逸人にとつて、それが何處へゆくにしろ、出來ない相談だつたからである。

この四人が日中は農園の仕事に精だして働いてゐた。仕事は山ほどあつた。雨期が遲れたため、牧草は千九百十六年から十七年にかけて殆ど一本もなくなつた。實際、三人がかりで、まだ家畜の飼葉がのこつてゐる場所を求めて、農園の周りを八方へ馬で驅けめぐつてゐた。しかし、黄昏から寢るまでのあひだは、彼等は勿論一緒のところに坐つて時をすごした。西南アフリカからのニュースも、凡ゆる業務が停滯してゐるので、殆ど彼等の手許には屆かなかつた。が、さうかと云つて、コッホはギエボッへ馬をかつてその邊を聞いて歩くなどといふことも殘念に思つたし、そんなことをしたところで、たゞ、外國の管理局に腹を立てることばかりだつた。そこで、彼等は自分達の會話によつて、謂はば、遠く獨逸の彼方へ目を向け、耳を聳だてることに心がけた。

三月の初めになると、コッホはこんなことを口にしはじめた。みんなで家畜のために何處かほかの所に牧草地を見つけなけりやいかん、それにしても、雨がもう一週間も降らないと、ばた／＼くたばるだらう、もう腹を空らした犢の啼聲も山羊のメェ／＼といふ聲も耳にしなくなつたが、せめて、羊が啼かないのがめつけものだ、と。

その翌夕、彼は元氣をとり戻して家へ這入つて來て、次のやうに語つた。黒人村に棲んでゐるホッテントットやクリップカフィル人の語るところによると、黒緣《シュヴァルツ・ランド》地方一帶は、二十四時間ぶつ續けに雨がどしや降りで、その雨が段々こつちへ近づきつゝある、と。彼は、妻と巡査と助手のシュピースの三人が同じやうに眼を輝かし。ニコニコしながら、西北と西部の方はまだ日が灼けつくやうに照つてゐるが、自分達は三人とも、先刻、稻妻が閃くのを見た、もう少し暗くなつたら、盛んな狼烟《のろし》をたくつもりだが、雨鳥も啼いてゐた、ほら、また啼いたと答へるのを聞いたコッホは「有りがたい、愈々時機が來た。」と云つた。

稻妻は、實際、ますます激しくなり、西方と西北方の空は絶えまなく閃く白光にあかあかと照らしだされて、それは恰も、恐しい爆彈の炸裂する、獨逸の西部戰線に見る夜空にも似てゐた。だが、間斷なく地底を搖り、轟きわたる雷鳴のみはまだ農園まで聞えてこなかつた。四人の人々はこの晩、特にひどく疲れ、そして近づきつゝある降雨に感謝しながら、早目に床に入つた。

翌朝になつても雨はまだ來なかつた。だが、大雨が來る前兆はもうすべてそろつてゐた。巡査は、なにか理由があつてか、既に夜が明けろ前から馬に乘つて出掛けてゐた。彼は朝餉に戻つて來て、から報告した。道でギベオンから來た男は會つたが、その男は彼に向つて、若し今からファールグラースの方へ戻るなら、もう河溝は渡らない心積でなけりや駄目ですと叫んだ、と。コッホは、「雨水をうんとこつちへよこすがいゝ！　河の中を流れる分には誰も困りやしないからなあ。」その調子には些かの心配氣も疑惑も聞きとれなかつた。彼は朝食のときにも、シュピースとルーに向つてから云つた。「ざあつと降りだしたら、早速、犢は小舍へ入れるがいゝぜ。」

正午、と云へば平常《いつも》にないことだが、「正午頃、どしや降りがやつて來た。三人の男と土人の下男とは、犢と小さな家畜類の一部を石小屋へ追ひこむのに忙殺された。彼等、白人も土人も、びしよ濡れになつた。人の口にあるパイプと云ふパイプの火はみんな消え、いつまでもパイプを咥へてゐる者は、口の中に煙草の苦い、褐色の樹脂《やに》がのこつたが、總ての人は滿足さうな顏をしてゐた。屋外へ出てゐる男達も、家の中にゐる白人の妻も、黑人村のポントークの入口に佇んでゐる土人の女子供達も……。

カビアイスの小舍には切石で造つた塀があつた。その塀はとてつもなく高くて幅が廣かつた。そして、小舍の石圍ひの家から東北の方へ向つてトロ土の上へ伸び、家や黑人村よりも幾分高目に聳えてゐた。コッホは建築の時、井戸を掘るために家を河溝の近くに建てたのである。家の造りは礎壁《そかべ》だけで、その上に、簡單な屋根が葺かれてゐた。と云ふのも、この家の持主が家を建てるとき、それを農園のもつとほかの勞働、例へば小舍の仕事にでも廻した方が有効だと考へたからだ。家から、石圍ひや黑人村と殆ど同じくらひ離れたところに、東南方に向つて、十米程の砂丘が連らなつてゐた。この砂丘の頂は、以前から農園の展望臺のやうになつてゐた。

午後は非常に早く黃昏れて行つた。雨期に聞くやうな雷鳴や稻妻が續いた。男達は、もうすることが終つたので家へ戾つて、濡れた着物をとり換へた。それがすむと、コッホと巡査は、雨がぱら〳〵降り込んで來るのもかまはず、妻と一緒に開け放つた窓邊に腰掛けてゐた。シュピースは常々からとくに仲良しの、大きいベルンハルト犬の面倒でも見てゐるのであらう、後ろの部屋に蹲みこんでゐた。この犬は雷鳴や稻妻を好まなかつたので、頭を人間の背にかくし、時折、身顫ひをしてゐたが、啼聲はひとつも立てなかつた。

男達は默りこくつてゐた。やがて、パラパラといふ雨足や雷鳴の合間に、水嵩を增した河水の渦卷く音が聞えて來た。河水は廣くて淺いレバー河の河溝を破つて、奔流する道を求めてゐるのだ。時たま、犢小屋の方から犢の啼聲がきこえて來たが、刻一刻、その啼聲が高まつてゆくのは明白だつた。

男達が口を利き始めると、話は自然、雨が約束どほりやつて來た今といふ瞬間にたいする賞讃と感謝に向つていつた。コッホが云つた。「成る程、雨は十二月にはもう降つてた筈だ。だが、こんなに地方一帶に雨が降り續くとこをみると、來年はきつと豐年だらうさ。」彼は語をついで、「俺は、もう、雨は續くと思ふね。」更に、「本國でみんなが一生懸命戰爭をやつてるんなら、こゝで俺達が豐年に惠まれるつて事も大切な事だよ。」巡査がそれに答へて、「千九百十五年にひどい雨が降つとつたら、わしらの戰爭もなかなかあんな仕末にはならんぢやつたものをなあ。初めはやつぱり今年みたいに雨がすくなかつたが、後になつてもさつぱり降りやあせんだ。」コッホは、「千九百十六年も惡かつたつけ。」と云つた。彼は巡査の視線を追ひながらその言葉を遮つた。「なんと、こりやあ、天井が漏るわい。」と云つて、こんなひどい天候ぢやあ、漏らない天井もあるまいて。」彼は立ち上つて手で壁をさすりながら云つた。「どうか、この度も……、さあ、寢室を二つとも檢べに行くかな。」それから大聲に、「氣の毒ながら、お前がたの寢床に天蓋をつけてやるわけにもいかん。殘念ながら、天蓋はカビアイスにはないからな。しかしな、いま過ぎ去つた不幸に較べれば、三晩ぐらい濡れたはうがましだよ。」妻はきつぱりかう云つた。「それに貴方、雨が降りだしてから姉達どんなに幸福になつたことでせう。戰爭をやつて——英國人の虚言《うそ》は大袈裟だとしても——きつと、もう食べ物だつて碌にない本國にゐる人達に較べたらね。それを忘れてはいけませんわ。」良人はそれに答へた。「ちつとも忘れやしないさ。確かに俺達はずつと幸福だもの。」そこで巡査が言葉をはさんだ。「三月と云ふなあ、獨逸でもきまつて惡い月ぢやつた。」シュピースが合槌をうつた。「三月は惡い月だとも。」コッホが云つた。「戰爭がうまく行つたら俺だつて家を新築しよう。雨漏りのする家なんざあ、實際あんまりいゝものぢやあないからな。それに、これまではあまり仕事もやりたかあなかつたし、家の蓄へもそんなにしたかなかつたからね。」そこで語をきつて、「また、犢たちがひどく啼き出したぞ。——おつと待つた、牛乳はもう澤山。」

ほどなく、皆がランプの下で夕餉の卓にむかつたとき、コッホは突然、ナイフとフォークを置いて云つた。「お前達にはなんにも聞えないかい？」妻がそれに答へて、「犢たちは、まだこんな天氣にあつたことがないから啼くんですわ。」彼女が二人の男に向つて、「うちの人、あれで隨分神經をとがらしてるのね。」さう云ふのを遮つてコッホは「さうぢやないよ、今俺が云つてるのは犢の事ぢやない、河の音が此處からこんなに近く聞えたことは、これ迄いち度だつてなかつたろ。」そこで巡査が口をきつた。「それはな、西風が河音を運んで來ますのぢやろ。」コッホは、「いや、西風のせゐではない……」

三人は、彼がもう一口も食事をしないのに氣附いて奇異な感じをうけた。彼はなほ一瞬利き耳を聳てゝゐる風だつたが、急いで立ち上ると、夕餉の始まる前に閉めておいた扉のところへ行つて、開けたかと思ふと外へ出て行つた。また、稻妻が物凄く閃いた。彼等は殆んど同時に、雷鳴の轟きを通して、彼の叫び聲と、聞きなれない河音を耳にした。ベルンハルト犬はシュピースの傍で頭を高く擡げ、一聲高く吠えてシュピースに飛びついた。

妻と二人の男はぎくつとして犬の方を見遣つた。彼等が扉口へ向つたとき、コッホはもう家へ戻つてゐたが、彼の後ろの闕にはびしよ濡れになつた土人が立つてゐた。

コッホは慌てた色もなく、「俺は確かにこの耳で聞いた、水はもう家のすぐ傍まで來てゐる。俺だつてまさかとは思つてたんだ。だが、稻妻が光つた時、それを見ることだつて出來るよ。ウイルヘルムは、土人達が黑人村から救ひだしたんだ。皆、水はまだまだ増すつて云つて、夜中に家ごと流さるのを心配してゐる。塀にのつてりや、助かるだらうつて。まだ間にあふうちに犢小舍の塀へ登つてゐようつて云つてる。皆の云ふところぢや、水はまたゝくまにこの家の傍まで押寄せるさうだ。さうすりや、この家だつて脱れつこはない、で、俺達にも塀の上へ來いつて云ふんだ。」

コッホはびしよ濡れになつたその土人に命じた。「ウイルヘルム、走つてつて、塀に登つてろ!」彼は云つた。「もう今になつちや、土人達に犢小舍を必ず開けさせられるかどうかもわからない。そんなことしたら、犢達はみんな怖ろしがつて、水の中へ出て行くかも知れんからね。」「もう永いこと考へてる餘裕はないよ。水はまるで、惡魔にでも憑かれたやうな勢ひだから。水がどつと來だしたら、その時はもう遲いんですよ。」「犬だつて、もう感づいてゐる。」「わたしは砂丘の方を撰ばう。小舍の塀はよしとかう。あすこからはなんにも見えやせんからな。」「いや、そりやいけない。だが、幌は一緒にもつて行かう。渴ゑ死ぬよりや濡れた方がましだし、うろうろしてゝ、頭の上へ屋根でも落つこつて來られゝよりは、一晩くらゐ辛い思ひをした方がましだよ。」

他の三人は抗はなかつた。妻は二三の品を袋へ入れてもつて來た。コッホがそれをとめてせき立てたとき、彼女は逆らつて、「家財が無事、つまり、家が無事だつて仰しやるんなら、妾達自身だつて家の中に留つてゐられるわけですわ。」

　彼等はどうにかこうにか、幌の下で雨がじのげた。幌の上には雨がばり〳〵降りそゝいだ。初めのうちこそ、まだ日暮どきだつたし、それに稲妻まで手つだつたので、砂丘の頂からはあたりがすつかり見渡された。彼等は、刻一刻と水嵩をましつゝ荒れ狂ふ流れの演ずる物凄い光景を眺めることができた。彼等は全然口をきゝ合ふこともなく、口をきゝ合つても、たゞ囁き合ふ程度で、水の方ばかりに眼を凝らし、耳を傾けてゐた。彼等の靜粛にひきかへ、犬は最初からひどく落着かなかつた。謂はば「救ひようのない不安」とも云はれよう。

　やがて、眞の闇が訪れ、晝を欺くやうな稲妻もやみ、唯時折、遠方が微かに光つてゐた。が、雨足は一向に鈍らなかつた。

　九時も半ばすぎたと思はれる頃、彼等は次のやうな意見に達した。流れは家まで達し、家は崩壊して、洗ひ去られた、と。その頃には、もう水を眼で見ることはできなかつた。が、彼等は、刻々に水が増してゆくのを感じることができた。

　午前零時少し前にルーは、彼の夜光時計に眼をやつて時刻を告げた。砂丘の砂が崩れはじめたことに最初に氣が附いたのは妻君だつた。彼女はそのことを告げた。コッホとルーは彼女に反對して、それはきつと崩れた砂が洗ひ去られたもので、さうとより他には考へようがないと答へた。彼女はそれに應へて、自分が云つてるのはそんな事ではなく、幌の下の自分達が坐つてゐる砂丘が動きだし崩れ初めたのだ、と云つた。彼女はそれ以上抗辯をうけなかつた。四人とも、啼き續ける犬はシュピースがどんなに宥めてももう決して横にならうとしないのに氣附いてゐた。

　彼等はそれと同時に、もうその砂丘は安全な避難所を提供しないこと、と云ふよりは、その砂丘はもういく日も前から流れの洗はれてゐることを理解したが、それは餘りにも自明のことだつたので、別に愕きもしなかつた。また同時に、水が周圍に迫つてゐる事も知つた。が、誰ひとり、度を失つた提案をもちだすものもなかつた。

　ルーが云つた。「皆、もう儂のことについちやちつとも心配は要らんぢや。コッホさんだつて、河口で開拓者の群にゐた時分から泳ぎは達者ぢやつたし、シュピースさんも泳ぎは上手なんぢやから、二人であの女《ひと》を眞ん中に挾んでゆきなさりや、どこか向ふ岸のトロ土まで達すること位うまくゆくぢやらう。そりやあ、最初少しぐらひは押し流されるぢやらう、そんなことはわかりきつてとる。さうするうちにや向ふ岸へついとるよ。恐らく、儂だつてうまく向ふへ渡れるぢやらう。さあ、着物を脱ぐとしよう、儂だつて蛙泳ぎぐらひはできるからな。」コッホが答へた。「あんたは彼女《あれ》とシュピースの間に挾んでつれてゆけるよ。」さう云つてるとき、巡査は彼の手を握つて云つた。「ではお別れぢや！　あんた方の上に幸運がありますやうに。」皆は、彼が陸地の方を目指して水の中へ入つてゆく物音を耳にした。そのすぐあとで彼等は、水が胸のところまで來て、彼等を押し流し始めたのに氣附いた。コッホはシュピースに向つて云つた。「彼女《あれ》の右手を掴んで。」確りと彼の身體により添つてゐる妻に向つて、「ちつとも心配は要らない。そんなことは俺にまかしとけ。ズボンの奴をすつかり脱ぐのに、今ちよつと、左手を離さなけりやならん。ズボンがずり落ちて、とても足纏ひになるからね。右手を――でも、右手はしつかり掴まへてなさい！　シュピース、彼女《あれ》を掴まへてるね？」彼がさう云つてゐるとき、妻が云つた。「ハインリッヒ、こんなことしてては駄目。妾があなた達の間につかまつてたら、二人を殺すやうなものよ。妾を救ける心積なら……」それから先はもうきゝとれなかつた。彼女は右側にゐる助手の手を掴へず、彼女の左手を良人の右手からぐつと引き離した。

次の瞬間に起きたことはコッホにはわからなかつたが、ズボンがとれると同時に、水に押し流されてゐた。彼は流れに抗ひながら、妻の方に向つて叫んだ。「シュピース、シュピース、彼女《あれ》を掴まへてるね？　二人ともどこ？」「エルゼ、エルゼ……」「ルー、ルー……」　彼は水をのんだ。流木がぶちあたつて、意地惡く押し流した。止むなく、彼は方向を變へた。それから、一ストローク毎に叫び聲を發してゐたが、それから先は記憶を失つて了つた。

シュピースは身體が押し流されるのを感じたとき、自分の年老いた力では、こんな水勢には迚もかなはないと悟つた。彼は、これで終ひだ、と考へた。そのとき、彼の頭が犬の毛に觸れたので、さつと手を伸ばし、犬の尻尾を掴むと一足強く底を蹴つた。

夜が明けたとき、氣が附いてみると、シュピースは犬の傍の堅いトロ土の上に坐つてゐた。氾濫した水は幾分河溝の方へ引いてゐた。朝見河の河溝は滔々とそれが流れ、木や草の塊や、時には、動物の死體まで浮かんでゐた。シュピースは河溝に沿つて歩いて人々を捜し、時には、大聲に呼んだりしたことであらう。犬は彼の傍を疲れきつてトボ〳〵と踵いて來た。犬は人を捜さうともしなかつた。シュピースは、太陽が暖く輝き、やがて、灼けつくやうに中天へ昇つたとき、すつかり疲れが出た。彼は河からずつと外《そ》れて、大地の上へ横になつた。一二時間寢たら、また捜索を續ける心積だつた。然し、彼と犬とは翌朝まで眠りつづけた。

　二日目の午前、つまり、事件があつてから三十六時間たつた時、朝見河畔の農家や住民や家畜の被害を視察し、救助できる場合は、救助作業にかゝる爲、急遽、ギベオンから出向いた獨逸人同胞の手によつて、農園主コッホは流れの上につき出た一本の白とげの樹の枝かげに裸でぶらさがつてゐるのを發見された。彼の所へ近寄ることは非常に困難だつた。が、それも成功した。彼は正氣を失つて、半死半生の狀態だつた。殊に裸の身體は太陽のために甚く火傷を蒙つてゐた。コッホが正氣に返るまで隨分永い時間がたつた。彼は二度と元の身體にもどらず、あの晩から丁度二年目に死んだ。

　巡査ルーと妻君の死體は、カピアイスから七八粁程下手で、土人達によつて、殆んど竝びあつてゐるのが發見された。土人達はコッホの救助者をその傍へつれて行つた。救助者達はその死體を埋葬した。

　犢小舍の塀の上へ難を避けてゐた土人達は、みんな命拾ひをした。然し、犢小舍の犢達は溺死し、塀の上にゐたものも、數人は水にさらはれた。水がすつかり退いたとき、岸邊の樹の梢には犢や、その他、小さい家畜類の死體がひつかかつてゐた。（2終り）

修辭學的なコロンブス

花田清輝

クリストフア・コロンブスは、開幕を知らせる合圖のベルだ。その音がひびきわたるやいなや、たちまち喧騒はやみ、人々は期待にみちた視線を舞臺にそそぎはじめる。やがて脚光を浴びて、不意に架空の一世界が出現する。

ユートピア物語が、モーアのものにしろ、ベーコンのものにしろ、つねにコロンブスのやうな航海者の漂流譚を發端にもつといふ事實は、たしかに注目に値ひする。歴史家は、そこに、ルネッサンス期におけるさまざまな陸地發見の後世への影響をみるであらうが、むしろ私は、さういふ發見のもつ純粋に假構的《フイクシアス》な性格が、またユートピア物語の性格でもある點に心をひかれる。夢のなかの現實の姿よりも、現實のなかの夢の姿のはうが、いつさう興味がある、といふわけだ。

私は、空中に大きな抛物線を描きながら、唸り聲をあげて消えてゆく、砲彈の姿を思ひ浮べる。

コロンブスは、ユートピア物語の作者に奇妙に似てゐる。それは、かれらが、澱み腐つた古い世界に愛想をつかし、新しい世界の誕生を、同様に夢みてゐたためばかりではない。その夢が、空間にたいする愛情、時間にたいする憎悪をもつて、はげしくつらぬかれてゐるやうにみえるからだ。焦躁にみちた眼は、絶えず時間のない空間を――「知られざる海」の唯中の、水また水にとりまかれた、前人未踏の陸地をもとめてさまよひ、そこに、まつたく新しい、幸福な一世界の姿を垣間《かいま》みようとつとめるのだ。しかし、時間とは何か。空間とは何か。時間から空間への脱出とは何か。

時間と絶縁した空間が抽象にすぎず、たうてい實在し得ないものである以上、さういふ脱出の試みは、むろん、雄圖むなしく挫折してしまふ。幸福をみいだしたと思つた瞬間、人は發見した世界と捨て去つた世界とが、實は瓜二つであつたことに氣づくのだ。時間の亡靈は追ひすがる。かくて、發見した世界は、ふたたび惜し氣もなく放棄される。これが、つねに出發し、永遠に行きつくところのない、船乗りといふものの運命だが、また、すべてのユートピアンの運命でもある。

前進してゐる間はいい。帆は風をはらみ、海はオルガンのやうに鳴り、水平線の彼方に、やがてあらはれるであらう「絶對」の姿を期待してゐる間はいい。しかし、陸地とは、つひに幻影であり、七つの海の隅々まで航行してみたところで、どこにも信用のをける足場といつてなく、幻影から幻影へと彷徨してゐるうちに、ともすると人は、最初に捨ててきた古い世界の地盤が、いちばんしつかりしてゐたのではないか、といふやうな不甲斐のない錯覺におそはれはじめる。かれは引き返す。だが引き返したら最後だ。長い間、默々として侮蔑に堪へ、ひたすら復讐の機會をうかがつてゐた時間が、このときとばかり、猛然とかれに躍りかかる。時間の復讐には、遠慮も會釋もない。いまさら年をとつたと嘆いたところで無駄であり、海龜にのつて出發した我々の昔話の主人公は、故郷の風物が一變し、誰ひとり、かれを見知つてゐる人間のゐないことに氣づくのだ。

かれをつつんでゐた發見者としての榮光すら、いつかその光りを失ふ。何故といふのに、榮光とは、舞臺の產物であり、架空の世界を背景として、はじめて燦然と人目をうばふものであるからである。歸つてきた古い世界で、誰からも相手にされず、コロンブスは、慘澹たる窮乏のなかに死んだ。

これがコロンブスの銅版畫だ。稚拙な面白さがないではないが、いささか古風である。

たとへコロンブスによつて發見されなかつたにせよ、アメリカは、かならず他の誰かによつて發見されたであらうし、さらにまた、かれ自身は、なんらこの新しい世界に、本質的な意味における變革をもたらしもしなかつたといふので、かれの名前をアメリカ史の發端におく從來の慣習に、斷じてしたがふまいとする人々がある。これは、かならずしも新奇な見解ではない。すでに發見當時から、かういふ考へ方はあつたのだ。新しい大陸の名前は、發見者を無視して、フィレンツェの商業資本家の手さきであつた、アメリゴ・ヴェスプッチの名前から採られた。

アメリカは、ヴァイキングの間では、「葡萄の國《ヴインランド》」として、はやくから知られてをり、その最初の發見者は、グリーンランド生れのリーフ・エリクソンだといふので、コロンブスの名聲を眞向から否定しようとする人々がある。その他、種々の記錄は、コロンブス以前にアメリカを發見した男の、いくたりもあつたことを物語る。時間は、コロンブスの死後も、その復讐の手をゆるめないらしい。遮二無二、歴史の一頁から、かれの名前を抹殺しようとして、躍起になつてゐるかのやうだ。

とはいへ、そんなことは、コロンブスにとつても、また、私にとつても、ほとんど問題とするに足りないのではなからうか。かれの時間にたいする憎惡は、さういふ記錄され得る白々しい時間——空間化された時間にたいして向けられたのではなかつたか。さうして、かれの空間にたいする愛情は、旋回し、流動する空間——時間化された空間にたいして、そそがれたのではなかつたか。羅針盤は壞れる。しかし、船は、まつしぐらに、虚無のなかを波を蹴つてすすむ。虚無とは何か。檣頭を鳥が掠め、泡だつ潮にのつて、海草がながれてゆく。

世界は古びた。それは分割され、再分割された。時間から空間への脱出は、もはや不可能であるかにみえる。架空の世界は、白日の下にさらされ、幻影は、霧のやうに薄れる。時間を憎惡しながら、新しいコロンブスは途方にくれてゐる。

しかし、空間は至る處にある。新しい世界は、至る處にあるのだ。たとへ、それをみいだすために、コロンブスと同樣の「脱出」の過程が必要であるにしても。

生活

——上海雜草原——

池田克己

生地も見えないほど
ツギのあたつたボロが
はげしい風の眞ッ只中で
もう何處までも喰ッついてゆくんだと
痩せたからだに貼りついた

飴みたいに
肢體をくねらせた

○

ツギが重なり
突ッつきあつたボロ
へんなところにこだわつて
風は
立ち迷つてゐる

○

揚子江の見える原ッぱへ出た
今日も苦力が泥を截つてゐる
スコップにしなだれかゝつた體
そのくの字のイキモノの頭上
風に逆らつて一羽の鳶が舞ふてゐる
颯々と砂礫をふりまく音立てゝ
翼をブチつけてゐる

路程標

赤木健介

第五信

歸つてから一週間ばかり經ちました。歸つた翌日、出社したときには、何か落着かない氣持が無いでもありませんでしたが、すぐに生活の軌道は元通りに復し、それに馴れました。

今日は爽涼な青天です。ごみごみした編輯室の中にも、初秋の光線は明るい縞をつくつて流れ入ります。いつも仕事に追ひかけられてゐるいらいらした氣持が、暫らく擴散されて、放心が、胸を滿たすやうな日です。机の上に積み上げられた雜誌、校正刷、紙袋、手紙の束などが、手のつけられない雜然たる有樣を示してゐますが、それはどうでもいいんだ、と思ふ氣持になれば、占めたものです。よろこばしい放心は、五體の筋を軟かに解きほごします。

僕がゆつくりと煙草のけむりを吐いてゐると、隣席で誰かの原稿を讀んでゐた同僚の野田が、

「何を考へてゐるんだ。」

と椅子と同時に體をまはしながら、話しかけました。

「さうだな、何も考へてゐないらしいよ。」

「ぶつ。他人事《ひとごと》みたいに云ひやがる。君がいつも人から誤解されるのは、妙に持つて廻つたやうな言ひつ振りをするからだ。編輯長も君を煙たがつてゐるぜ。」

「だつて仕方がないぢやないか。氣取つてるわけぢや無いんだから。一體僕の言語中樞つて奴はどうかしてるんだな。かう言はうと思つてゐることが、へんな風に出てしまふ。言つてしまつてから、あ、しまつた、と思ふことがよくある。」

「はははは。」

と笑つた彼は、にやにやして、同室の他の連中には聞えないやうに、聲をひそめながら一矢を放ちました。

「女の子を口說くときだけは、言語中樞がうまく働くつてね。」

「何言つてやがる。」

と僕は苦笑しました。

「だつて中村葦枝が社をやめたのは、君に失戀したためださうぢやないか。」

「飛んでもない。そりやあデマだよ。」

と打消したものの、僕は少し鼻白みました。葦枝の名前を人から聞くと、癒りかけた傷がまた疼きます。人間と人間と

の關係には、當事者にもはつきり突き取められないものがあるのですから、何も知らない第三者が見當違ひな觀測をするのも不思議はないのですが、この場合、野田の言葉は、意想外なほど滑稽な見當違ひであるだけに、却て僕の心を傷けるものがあつたのです。

「ごまかしたつて、ネタは上つてゐるんだから駄目だ。」

ときめつけるやうに言つた彼は、ふと何か思ひ出したと見えて卓上電話を取り上げ、

「もしもし、帝大の石井先生にかけて下さい。……あ、もしもし、石井先生でいらつしやいますか。今日、二時にお目にかかる御約束でしたが、御都合は如何でせうか。……左様で御座いますか。では今から直ぐに伺ひます。どうぞ宜しく。」

がちやりと受話器を掛けて、今まで話してゐたことはすつかり忘れた風の樣子で、散らかつた卓上はそのままにしておいたまま、颯爽とした足どりで、彼は出て行きました。僕よりも少し若い、いつも元氣一杯で、仕事に對する熱烈な愛情を持つて働いてゐる彼の後姿を、僕は一種の畏敬と親愛の念で見送りました。

入れ違ひに編輯長の大里が入つて來ました。白晳長身で、强度の近眼鏡をかけた彼は、鋭い眼で室內を見廻しながら、自分の席に座りました。

「何か電話がかかつて來ませんでしたか。」

と、馬鹿叮嚀な言葉を使ふ男です。

「いや、何も。」

と僕は答へたきりでした。もう何年も一緒に働いてゐるのですが、彼の言葉附きは變りません。それだけ隙の無い、人に對して城廓を設ける男だといふことが、彼を御存知ない貴方にも直ぐ相像出來ることと思ひます。

彼は決して、我々のやうに愉快な哄笑をしません。皮肉に唇を歪ませて、顔面筋肉をくしやくしやさせるだけです。大抵は假面のやうに、冷然と、固結した表情をしてゐます。彼は酒も煙草ものみません。仕事の鬼ともいへるほど、執念深く働く男です。從つて、仕事にむらのある僕などを、心中快く思つてゐないのは當然でせう。

彼は以前、思想運動に關係したことがあるやうに噂されてゐますが、さうした素振りは少しも見せません。或る種の大學教授を思はせる、近づきにくいタイプです。

併し、彼が心の中をどう思つてゐるかは別として、僕の方では彼をわるくは思つてゐません。といふのは、彼は神經質に違ひないが、純情なところもあるからです。彼にも嘗て「すばらしい」ロマンスがありました。惡友たちが、酒を一滴も飲めない彼を誘惑して、銀座の酒場へ連れてゆきました。僕は一度も同座の光榮に浴しませんでしたが、謹直な彼がさうしたなまめいた空氣の中で、どんなに自分を處理したか、想像してもおかしくなるのです。多分、彼は手持無沙汰に默つてゐるか、それとも白痴的な女給たちに、變轉する世界情勢や、高遠な哲學的範疇論を說いて聞かせたことでせう。ちやうど僕たちをつかまへても、相手の誰彼を問はず、ペダンチックな博識をひけらかして、嚴肅なるべき機會にたつた一度論ぜられればいいことを、のべつ幕なしにまくし立てるやうに。

いや、又惡口になりました。さて傳說の語るところによれば、その酒場には飲んだくれで手のつけられない女が居ました。彼女も、嘗て東京へ出て來た時には、淸純な少女でした。遠緣に當る(或は叔父だともいひます)一寸有名な私立大學の教授のところへ寄寓してゐるうちに、その教授に誘惑されてから自暴自棄になり、つひに酒場から酒場へ流浪して歩く女給に身を落したのでした。併しもちろん、容貌も美しければ、知性的な感受力を持つた女であつたのに違ひありません。

大里が彼女に打ちこんだのか、それとも彼女の方で彼に夢中になつたのか、それは知りませんが、彼女は到頭彼のアパートに押しかけて來るやうになりました。女性を未だ知らない彼のところへ、酸いも甘いも嘗めつくした彼女が座りこんで、つひに物にした時は奇觀だつたといひます。

まるで見て來たやうな話をしますが、實はそのアパートに僕の友人が住んで居たので、彼からこのロマンスの經緯を聞かされたのです。また彼女の叔父なる教授も、僕の知つてゐる人で、いつか教授を訪れたときに、

「大里君の細君はどうしてゐるかね。」

と面映ゆさうに聞かれたことがあつたのを覺えてゐます。

彼は彼女と結婚したのです。その後の生活は幸福なものでした。手のつけられないあばずれ女は、貞淑な、彈力性のある、よき家妻となりました。

僕が、こんなことを書いたのは、彼の內秘とするところをあばかうためではありません。彼も純情の人であることを、貴方に知つてもらひたかつたからです。

併し、現實に眼の前にゐる大里は、額に深い皺を刻んで、そんなことがどこに在つたかといふやうな顏をし、ぼんやりと煙草をふかしてゐる僕に當てつけるやうに、卓上の書類を眼まぐるしい勢ひでめくつてゐます。彼が居ると、部屋の中には、ぴりぴり顫ふ針金のやうな空氣が起り、みんなの神經はいらいらして來るのが常です。

そこへ友人から電話が掛つて來たので、それを機《しを》に僕は外へ出ました。背中のところに大里の視線が燒きついてゐるやうな氣がしました。

階下へ降りる途中、弘報課の白井とぱつたり顏を合せました。美貌だが、どこか弱々しいところのある彼は、眼を落し

て階段を登つて行きました。僕も硬化した表情のまま、そしらぬ顔で靴箱の蓋をあけ、街路へ出ました。彼は僕を打ち負かした男です。

外には暖い風と、清らかな日光がありました。秋です。

第六信

中村葦枝は、僕が入社する一年程前から、ここで働いてゐました。いはば先輩に當るわけです。

その頃二十歳《はたち》になつたばかりの彼女は、髪を少女らしく後で括《く》つて、くりくりした眼と小さく並んだ白い齒列を見せて編輯室に到着郵便物を運んで來たり、朝と正午と午後三時にはお茶を持つて來たりしました。どこか田舍者らしい少女でした。

數ケ月の間、僕は葦枝に無關心でゐました。うちの社は、小僧連もいれて數十人しか居ない小さなところですが、それでも仕事の部門が幾つにも分れてゐるので、同じ職場で無い限り親密になる機會はありません。葦枝も日に數回編輯室に入つて來るのですが、形式的な挨拶のほかには、別に何の交渉もあり得ませんでした。僕にとつては、社で働いてゐるほかの女事務員同様、「雲煙過眼」的存在だつたのです。

半年ばかり經つた六月の或る土曜日（それは去年のことでしたが）、社では全員が二臺の遊覧バスに分乘して、恒例のピクニックに出かけました。新宿から甲州街道を通つて與瀬の近くまで行き、相模川を舟で下らうといふのでした。雨は降りませんでしたが、終日どんよりと曇つた空でした。

まだ入社してあまり日の經たない僕は、殆んど誰とも馴染が無いので、空いてゐたのを幸ひ、出版部の古株である田島といふ男の横に腰掛けました。田島は、背は低いけれども、でつぷりと肥えた體格で、心臟の强さで生きてゐるやうな圖々しい男でした。

するよと田島は、

「今日は彼女と並んで座らうと思つてゐたんだが……。」

と舌打ちするやうにいひました。それは隨分侮辱的な言葉でしたが、それよりも僕には、「彼女」が誰であるかを知りたいといふ好奇心の方が强く起りました。それは直ぐにわかりました。僕等の乘つた車の後の方に、五人の女事務員が集つて、快活な笑ひ聲を擧げてさざめいてゐましたが、白いホーム・スパンに赤い縱縞のはいつたスーツを着て、髮のまはりに薄桃色のリボンを卷いた葦枝が、平素の仕事服とは違つて、目の覺めるやうな新鮮な印象を與へたからです。

それからの、その日の行程を、一々記述することは必要も無いでせう。とにかく、その日から、僕の葦枝に對する視線の强度が違つて來たことは事實です。

忘れてゐました。その日にかういふことがありました。與瀨から相模川を下つて、或る地點で上陸し、そこからまたバスに分乘して東京へ歸つたのですが、舟の中でビールと鮎のフライを胃の腑に入れてゐたので、バスに乘つたときは、僕は相當に醉ひが廻つてゐました。僕は不思議なほどはしやいだ氣持になり、バスの中で、「故鄕の廢家」や、「椰子の實」や、「わが太陽」などを、傍若無人に唄ひました。すると、それに對する諧調を以て、美しいソプラノが加はるのです。それが葦枝の聲であつたことは言ふまでもありません。少くとも彼女は、僕と聲をひとつに溶けこませることに、よろこびを感じてゐたやうでした。

數日後のことでした。僕が編輯室の机に肱をついて、詩を書いてゐると、そこへ葦枝が入つて來ました。

「御勉强ね。」

と彼女はいひました。

ちよつと困つた僕は、原稿紙をひつくり返して、

「えらいところを見つけられたね。」

と、てれ隱しに答へました。葦枝は、少女らしいはにかみで、見たいと言はうか言ふまいかと思ひ惑つてゐる風でしたが、默つて出てゆきました。僕は少女の心理的構造の底で、春の葦芽《あしかび》のやうに顫へてゐるものを、快く想像しました。

それから更に數日後でした。二三人の同僚と晝飯を食べに、行きつけの食堂へ出かけると、そこに思ひがけなく葦枝が來てゐました。皆は喜んで、彼女の卓のまはりに腰を下し、冗談口をききながら、愉快に食事をすませました。その歸りに、銀座裏の狹い路を歩いてゐると、後から警笛を鳴らして自動車が來ました。肩を並べて、道を塞いで歩いてゐた我々は、思はず兩側に別れて避けたのでしたが、偶然にも片側に僕と葦枝が一緒になりました。息をはづませて彼女が囁きました。

「お話がききたいのよ。二人だけで、お目にかかれない？」

僕はちよつと考へて、

「さうだね、今晚六時に、今のところへ來給へ。」

と言ひ捨てたのですが、何だか非常に重大な關頭に立つたやうな氣がして、胸が顫ふのを覺えました。そしらぬ顏で、我々は又皆と一緒になり、社へ歸りました。

こんな甘い回想を、臆面もなく書き列ねたことをお許し下さい。併し回想は回想であるが故に、常に甘美なのです。日

常生活はいつも灰色で、せいぜい散文詩の美しさしか持つてゐません。過ぎ去つた日の回想のみが、モーツァルトの音樂のやうな内面的韻律を以て、粗野な現實を美化するのです。

或る時僕は、長い刑務所生活を送つた男から、次のやうなことを聞きました。よほど經つて、殆んどその記憶もぼやけてしまつた頃、偶然街路で、在監當時世話になつた看守に會つたといふのです。立話をしてゐるうちに、今まで意識閾下に消え去つてゐたそこでの生活が、鮮やかに次から次へと思ひ出され、それと同時に自由である筈の現在が、慘めなほど灰色の點痕《しみ》に汚されて見え、嘗ての遮閉された生活がノスタルジァを感じさせるほどに懐しく、淸らかに美しく思はれたといふのです。これも類似的な感傷でありませう。

第七信

去年の六月といへば、蘆溝橋事件の起る直前でした。その頃の我々は、世界史的な變動がまさに孕まれつつあるとの豫感はあつたにしても、引き續いて展開して今日に至つた情勢を、ゆめにも豫測することは出來ませんでした。

さういふ時期に生れたものだからといつて、僕と葦枝との戀愛が恕すべきだといふことにはならないかも知れません。急迫する情勢下に、戀愛などは以てのほかだといふ論もあるでせう。併し僕は必ずしもさうは思ひません。戀愛禁止令が布かれたところで、自然に起るものを堰きとめることは出來ないでせう。僕は戀愛至上主義者ではないが、戰陣の間にあつても、郷國に殘した愛人を忘れることは出來ないといひたいのです。むしろ非常の時には、戀愛も强く淸らかに鍛へられることが可能であります。

さてもちろん、僕はさういふ理論を以て、葦枝との戀愛に入つたわけではありません。それは在り來りの、その意味で普遍的ともいへる、何の他奇もないものでした。ただ、それが偶然にも支那事變乃至世界史的轉換の開始と前後して起つたといふことのために、爾後の過程は影響を受けないわけには參りませんでした。或る意味では消極的に、或る意味では積極的に。

一體、蘆溝橋事件が突發してから、一二ケ月の間といふものは、それが國運を賭する大事變への最初の烽火であると、はつきり意識してゐた人は案外少かつたのではないかと思ひます。數年來の內外の政治的な動きが、本質的に步一步と力強く進展して居りながら、外見上は現狀維持と妥協彌縫に終始してゐるやうに思はれたので、今度も、そのうちに何とか納まるのではないかと考へてゐたのが大部分だつたやうです。殊に知識階級は戸まどひの狀態でした。それは八月・九月頃の文化面の沈靜に、あらはれてゐました。雜誌の編輯などに携はつてゐると、さうした空氣がよく分りました。

その頃僕はどうだつたかといふと、自分の先見の明を誇るつもりは毛頭有りませんが、蘆溝橋事件から大山事件への報道を耳にする間に、これは大きなことになると思ひました。東亞ばかりでなく、世界的變換の火蓋が切られたことを感じました。歷史の方向、文化の運命、個人の位置等々が、強く強く考へられて來ました。

而もそれらを背景にして、心の網膜に燒きつくやうに映つて來たものは、頰に少女らしい赧らみを殘してゐる單純で素直な葦枝の像でありました。

（何故、こんなに心惹かれるのだらう。相手はまるで子供ではないか。結婚するには、まだ熟してゐない、小さな妹のやうなものではないか。俺の頭の中に、黑雲のやうに渦卷いてゐる觀念の重壓を、告げ知らせても何の反應も得られないお人形ぢやないか。）

かうした反省が時として起るのですが、併し彼女の思ひ迫つたやうな眼差《まなざし》に會ふと、すぐに消えてしまひます。第一、僕がさうした反省に陷るといふのが、隨分思ひ上つたことだつたのに違ひありません。一すぢに愛情に生きることが出來なくて、そこに知的な懷疑が入りこんでくるといふ僕の厄介な性格の中に、悲劇的に運命づけられる結果が潜んでゐたのかも知れません。

始めて二人きりで會つた六月末の或る夜以來、僕たちは戀人同志でした。毎日會ふことは中々出來ませんでしたが、葦枝が編輯室へ入つてくる時に、郵便物の下に簡單なメモを忍ばせて來たり、また階段ですれ違つたときに一寸打ち合せをしたりして、次の會合はきめられるのでした。同じ職場で働くことから生じた愛情が、祝福されるどころか迫害されるものだといふ通念は、二人を狡猾にしました。併し一方、大勢の中にゐて、誰も二人が結びつけられてゐることを知らないといふのは、奇妙な幸福感をそそりもしました。

このへんまで來ると、回想も澁滯して來、苦痛になつて來ます。やはり、童話めいた序曲だけが、振り返つても樂しいのですね。或は物事は、何に拘らず、最初だけがよいのかも知れません。

つまらぬ感慨です。今日は、ここで筆を折りませう。

第八信

秋雨が降り續いてゐます。

僕は感冒にやられて、今日で三日ばかり會社を休んでゐます。割合頑健な僕としては、寢床に所在なくぼんやりしてゐるのは、何年ぶりともいへる珍らしいことなのです。雜誌の來月號の編輯締切が迫り、ぼつぼつ出張校正に印刷所へ行かねばならない頃なので、休んでは居られないと焦躁の心が起りますが、微熱が却て體を無力にし、起きようと思つても起きられないのです。

仕方が無い、――かういふ時こそ、無心の境に入つて、すべてを忘れてしまふんだ、と諦念に甘んずるよりほかはありません。

「漢詩作法」といふ本を取り出して、四聲だとか平仄だとかいふものを理解しようと努めましたが、少しも頭に入りません。あきらめて、右體を下にして眠らうと思つてゐると、後の襖が靜かにあき、嫂の啓子が入つて來た模樣です。體を振り向けるのも懶いので、寢たふりをしてゐると、

「武さん、お茶を淹れましたよ。」

と呼びかけます。知らん顏をしてゐるわけにもゆかないので、寢返りを打つと、啓子は枕もとに座りました。

「御氣分は如何?」

「ああ、大して變りはありませんね。」

「いけないわね。――隨分はやつてゐるんですつて。熱はあまり出ないけれど、咳がひどいのが今度の感冒の特色ださうよ。」

「さうですかなあ。」

と氣乘りのしない返事、――これが嫂に對する僕の習慣です。話が好きで、而も相當の教養があるだけに、中々いゝことを言ふ場合もあるのですが、時々はうるさいこともあるので、十分間位立て續けに話してゐるのを、全然何を言つたのだか聞いてゐない時もあります。わるい聽手であり、生意氣な義弟であることを自認せざるを得ません。とにかく彼女は僕より二つ年上なんですから。

今も、彼女が喋り出すのを殆んど耳に留めず、別のことを想つてゐる次第です。といつて、彼女と無關係のことを考へてゐるわけでもありません。

晝間は家に居らず、夜も大抵は遲く歸つて來る僕は、嫂と對座する機會もあまり無いわけですが、以前失職してごろごろしてゐた頃には、隨分話のお相手をさせられました。その頃から見ると、彼女も老けて來ました。それでも年よりは若く見え、化粧すると三十前に見せるのですが、晝光の下ではやはり爭はれないものです。黃昏の美しさ、または晩春の感じが、その端正な輪廓の上をたゆたつてゐます。

某省の中堅官吏として、たまには新官僚人物論に名前は引かれることもある兄貴は、これも忙がしいので、僕と顏を合はせるのは日曜の朝位なものです。啓子はその夫を誇りにしてはゐますが、しよつ中宴會や何かで歸りの遲い兄貴との家庭生活は、よそ眼にも幸福だとはいへないやうです。二人の子供を相手に、他愛のないことを何か喋つてゐる姿は、寂しく見える時があります。從つて、話の相手になつてゐると、愚痴も聞かされます。

僕が兄の家に寄寓するやうになつたのは五六年前からで二十歲過ぎに學校を中途で止してから、勝手な生活を續け、職業も轉々しましたし、誇張ではなく飢に迫られた時期もありましたが、食ひ詰めた結果兄のところに厄介になる外は無くなり、その頃まだ生きてゐた鄕里の父も、手堅い生活を送つてゐる兄の監督の下に置かれることを望んだので、その意志にも從ふ氣持から、以來ずつとここに居るわけなのです。居ついて見ると、氣を使ふことも色々在りながら、單に生活の心配が無いといふだけでなく、何か安氣なものがあつて、ここを出るといふことを考へるのが却て臆劫な位です。それには啓子の存在なり性格なりが、居候にとつてわるいものでないことが、大きな原因になつてはたらいてゐます。

一體、嫂と義弟といふ關係は、概してうまく行くもののやうで、同性の小姑とは折合のわるい方が多いのに對し、微妙な對照を示すものです。而も兄と義妹といふ關係は、往々 sexual な危險性を孕んでゐるのに對し、こちらは稀にしか破綻は起らないやうです。肉親の姉弟ではないが、併しタブーが無いのに拘らず、おのづからそこに肉親的な愛情が生れるもののやうに見えます。もちろん夫に對するほど、啓子は僕に對して世話を燒くことはありませんが、隨分親切です。併しその親切な彼女が、僕と葦枝との交渉を破壞することに、積極的な役割を演じたのですから、奇妙でせう。

僕は葦枝と會つた最初の晩、彼女と結婚しようと思ひました。隨分無鐵砲な情熱ですが、その時のせつぱつまつた氣持は、そこへ持つてゆくより外は無かつたのです……。

回想に耽つてゐるところへ、嫂の言葉が耳に入つて來ました。

「相變らず默り屋さんね。何考へてるの？　やつぱりあの人のこと？」

「あの人つて誰です？」

「白つぱくれるわね。それとも貴方には『あの人』が幾人もあつて、どの『あの人』だか見當がつかないつていふわけ？」

「葦枝のことですか？　あれは、もうとつくに會社をやめましたよ。」

僕は不機嫌になつて、ぶつきら棒に答へました。その樣子を察したかのやうに、嫂はからかひ半分の態度を改めて、

「止めたんですつて？　本當ですか？」

「さうです。僕は、嫂さんもうとつくに知つてらつしやると思つてゐました。」

「知りませんよ。そして、いまどうしていらつしやるの？」

「さあ、僕は知りませんがね。外の會社へ行つたんでせう。」

「さうかしら。貴方とは今でも交際してゐることとばかり思つてゐたわ。」

「冗談でせう。その交際をやめさせるやうにしたのは嫂さんぢやないですか。」

「あら、それは飛んでもない誤解よ。私は何もあなたがたの邪魔をした覺えはないわ。それに、貴方は人の言ふことを、おいそれと聞くやうな人ぢやないし……。それに違ひは無いでせう？　なる程、わたし葦枝さんの批評をした位のことはあつたかも知れない。でも、あなたがたの仲を割かうと思つてしたことではないのよ。それを諒解してもらはないと私の立つ瀬が無いですよ。」

「さうですかねえ。」

と僕は皮肉な尖つた言ひ方をしました。もちろん、僕と葦枝との間が最近になつて駄目になつたのは、嫂の責任ではありません。白井といふ靑年が二人の間に介在するやうになつてから、急速に破局が導かれたのですが、併し遠因は嫂の工作によつて結婚が妨げられたことに始まるのですから、僕の怨み言も多少はジャスチファイされてもいいのです。

僕が葦枝と親しくなつた頃、姉に話す樣に、その事を啓子に打明けました。嫂は同情をもつて、委細を聽いてくれました。

「一度、葦枝さんを連れていらつしやいな。」

といひました。

或る日曜に、葦枝は眞白なワンピースを着て、子供らしい顏に白粉をつけたりして、訪ねて來ました。自分では、啓子に氣に入られようとして隨分努めたつもりなのです。夕方までゐて、葦枝が歸つた後に、嫂はこんなことを言ひました。

「子供ぢやないの。あれぢや仕樣がないわよ。」

僕は侮辱を感じて、

「でも、中々しつかりしてゐるんですよ。色々苦勞もして來たやうだし……。」

「だつて、まだ二十歳《はたち》になつたか、ならないかぢやありませんか。苦勞と言つたところで知れてますよ。あの子は、何かの事情で家を出たいのよ。そこへ、貴方のやうな世間知らずの『詩人』が現はれて、結婚しようなど言ひ出したものだから、有頂天になつたのよ。あの子だつて、結婚がどんなものだか知らないでせうが、とにかく家を出ればいいと思つてゐるだけなのよ。なにも、貴方でなければ、といふ程の熱情を持つてるわけぢやないわよ。それに隨分フラッパーね。あの子の性格は浮氣だと思ふわ。」

「葦枝を傷けるやうな批評はよして下さい。」

と、僕は怒つて言ひました。併し啓子の批評にも、理由があることは、僕自身感じてゐたことでした。

次の日曜に、久しぶりで兄夫婦と朝飯を食べてゐた時、兄が鹿爪らしい顔で切り出しました。

「武。お前は會社の女給仕と、何か問題を起してゐるといふぢやないか。」

「給仕ですつて。社員ですよ。」

「そんなことはどうでもよい。だが、俺は兄としていふんだが、そいつは考へなくちやならんぜ。『不義はお家の御法度』といふ言葉があるが、同じところに勤めてゐる男女關係といふものは、世間から誤解されがちなもんだ。お前のために、さうしたことは、俺は取らんがな。」

「僕は、自分を信用してるんだ。」

すると、嫂が言ひ出しました。

「ねえ、武さん、結婚つて大切なものよ。私は何も貴方がたの邪魔をするつもりは無いけれど、輕卒なことは控へた方がいゝと思ふのよ。そりやあ、二十歳《はたち》位でお嫁さんになる女の人も居ますよ。私だつて、兄さんのところへ來たのは、葦枝さんと餘り違はない年頃だつたわ。併し、心構へといふものが、違つてゐたと思ふわ。ところが、あの子を見てゐると、まるで子供だわ。貴方だつて、お人形と家を持つたところで、やつてゆけないことが直ぐにわかるわよ。」

「それに武。その女の家には、隨分複雜な事情があるといふぢやないか。何でも私生兒だつていふ話だ。俺の家が、別に身分のあるといふわけではないが、變な家族と姻戚關係を結ぶことには、俺は反對だ。肩味が狹いからな。亡くなつたお父さんだつて、お前が輕卒な結婚をすることには贊成しないと思ふよ。どうだね、考へ直して見てくれないか。」

「さては、嫂さんが工作したんですね。」

と、僕は啓子を睨みつけました。

「まあ！」

と大げさな表情で、嫂は抗議しましたが、少しひるんだやうでした。葦枝の身許調べなど、この sagacious な女性のやりかねないことだつたからです。

三人とも、氣まづい顏で、その朝の食事を終へましたが、僕の心は麻のやうに亂れました。不逞な反抗心が、地獄の火と燃え熾りました。

（どんなことがあつても、俺は葦枝と結婚するんだ。フィリスチンどもの反對は、蹴飛ばして進むんだ。）

僕は堅い決心をしました。併し……。

雨はまだ止みません。午後の雰圍氣は、物足りないほどの靜穩さを持續してゐます。枕もとに座つたままの嫂は、默つてしまひ、何か考へこんでゐるやうです。そのプロフィルに、寂しい陰翳が射してゐます。（未　完）

帽子をかぶつた奏任官

竹田敏行

八

とう／＼奏任官は自分の狀態のなかで何か知らん非常に様子が變つたと思つた。非常に色々のことがわかり、理解力が増したやうな氣がした。

で、全くその結果、彼はガーデン・ブリッヂを渡つた。彼は上海へ來て以來、未だ一度もこの橋を渡つたことがなかつた。警備區域外の『河向ふ』へ行くことを恐れて居たのである。大田原の話によると、一旦この橋を渡つた者は、翌日その體が黃浦江に浮んで居ても誰の責任でもないのだ、さうである。この河向ふの英租界及び佛租界の治安維持をやつて居るのは工部局の支那人巡査だが、これも大田原が目擊したといふ事實によると、全く賴もしくない存在らしかつた。なんでもこの『河向ふ』で、日本商人が支那人達から襲はれたことがあつたが、この瞬間現場から一目散に逃げ失せたのは、被害者でも加害者でもなくて、其處に居合はせた三人の工部局巡査だつたといふのである。だから、この腰に拳銃をぶらさげ、棍棒を片手に掴んだ巡査は問題にならなかつた。然し、彼は最近事件が引き續いて起つて以來、英國が租界問題で日本と餘計な摩擦を起すのを嫌ふやうになつた爲、租界內の警戒が嚴重になつたといふことは耳にして居た。現にまた、大田原や淺倉市議が始終英租界の酒場に飲みに行くことも知つて居た。ガーデン・ブリッヂの向ふ側が、最初彼の恐れた程のこともないのは事實らしかつた。だが、彼がこの橋を渡つた原因は、これとは別に明らかに彼の氣分が非常に大きくなつた結果なのは間違ひない。實際、彼は『河向ふ』に何の用事もなかつたのである。

さう、彼は非常に色んなことがわかり、勘《かん》がよくなり、大きな氣分になつて、ガーデン・ブリッヂを渡つた。彼は租界の撤收が目下の問題となつて居る以上、租界內の模樣を視察することは緊要であり、その爲に多少危險を冒すのは止むを得ん、といふ悲劇的な氣持がした。前の日彼は大田原から詳しく英租界の地理を聽いた。夜になるとなか〳〵眠れなかつた。長い間避難民の悲し氣な聲を聞いた。おまけに、眠つてから、自分が揚子江に浮んで居る夢をみた。

帽子をかぶつた奏任官が橋を渡つた日は、薄曇りの、蒸し暑い、往還の雜沓する日であつた。橋の兩側には苦力や避難民の群が一ぱいに立ちむらがり、一々檢査を受けねばならぬ、豚の皮や穀物袋を積んだトラックが長い列を作つて、停止したまゝ警笛を鳴らしつゞけて居た。印度人と支那人の巡査は壞れたゴー・ストップの下に立つて、相變らず喧嘩をしながら交通の整理をやつて居た。印度人は矢鱈に支那人の反對をした。そして、支那人共が來ると怒鳴りつけたり、呼子で嚇かしたりするくせに、日本人や英國人だと恭々しく通してしまふので、その爲めに橋の袂は收拾がつかない程混亂して居た。橋を渡ると、こゝでも苦力や難民の群がパブリック・ガーデンの前まで續いて、立つたり坐つたりして居た。例のコールド・クリームを塗りつけたスコットランド兵が英國領事館の前に立つて、玩具のやうに動かない眼をしてこの光景を見守つて居た。奏任官は大田原に教はつたやうに、英國領事館や郵船會社や中國銀行などの並んだ波戸場ぞひの街路について行つた。

驚いたのは、こゝにはおびたゞしい人間が居ることである。この狹い租界内に四百萬の支那人が居ると言はれるが、本當かも知れない、と彼は思つた。すると、これはどういふことになるのかな――彼は帽子を用心深くかぶり直して周圍を見廻はした。英書を一杯かゝへた學生の群が頻りに言ひ爭ひながら通りすぎた。その後から黑いお椀のやうな支那帽をかぶつた商人達がやつて來た。青い仕事着を着て、額の黑く燒けた苦力共が人ごみの間を縫つてうろ〳〵して居た。唐草模樣の支那服の脇から琥珀のやうな足を覗かせた娘が阿媽を連れて行つた。木兎のやうに大きな眼をして、肩のふくれたちんちくりんの猶太人、髮の毛の美しい英國婦人、石炭のやうな皮膚をした印度人――目が廻る程すれ違つて行つた。

童話に出て來るやうな長い顎鬚の物賣りが、中國銀行の前で仲間と立ち話をして居たが、奏任官を見て急に眼を光らせた。大人、日本人、時計買はないか――物賣りは顎鬚を動かしながらついて來た。大人、日本人、時計買はないか――奏任官は唯でさへ神經過敏になつて居た矢先なので、ドキリとして帽子を押さへ、人ごみにまぎれて逃げ出した。

南京路の大通りは大變な人出であつた。塵埃や煤煙で鉛色に霞んだ街路の上は、見渡す限り黃包子や二階バスや人の群の蠢く影で塡められて居た。やゝ傾いて物憂げにゆるんだ陽足が、兩側に並ぶビルディングの肌を溫めるやうに落ち掛つて居た。午後はまだ早かつた。いつの間にか奏任官はこの大通りの人ごみの中で、もの珍らしさうな、漠然とした、例の兩方の眼で別々のものを見て居るやうな顏付をして、飾窓を覗いたり、すれ違ふ人の顏に見入つたりして居た。こゝでは何から何まで樣子が蘇州河の北と變つて居た。こゝに居る支那人共は、戰爭といふものが決して河を越えてはやつて來得ないと信じて居るやうな晏氣さだ。すると、これはどういふことになるかな、と彼は自分の勘《かん》のよさを試さうと思つて考へた。支那人の英國に對する信頼、全くその通りだ、この狀態を政府や官僚共は理解出來んのだから情ない、彼奴等はいつまでたつても仲間爭ひやお役目仕事をやつて居るんだ――かう思ふと彼はその彼奴等といふのは全然自分と關係のない種族のやうな氣がして一寸痛快であつた。

靴屋、書肆、金物屋、レストラン――彼は飾窓を一々丹念に覗いて行つた。往來にはだん／＼人が多くなつた。長い竹箸を持つた青ぶくれの男が飯店の前で客を呼んで居る。黄包子を曳く苦力の掛け聲が方々でする。路上を右往左往するにつれて、人々の喋つて行く色んな國の色んな言葉が聞えて來る。その澤山の聲は、不思議に戰爭と關係のない、豊富な、ごちや／＼したものを街中にふりまいて居た。その蠢いて居る澤山のもの丶言葉や眼付きや動き方の中には、何かしら判斷に苦しむ、非現實的な、バラ／＼なものがあつた。奏任官は次第におかしな氣持になつて來た。此處では恐らく今までに存在しなかつた言葉で喋つても、嘗て見たことのないやうな着物を着ても、どの法律が禁じて居ることをやつても、誰も不思議とは思はないだらう。

そして、實際彼は奇妙なものを見た。一人の男が大通りから一寸這入つた或る街角の飾窓の中で寢て居た。そこは閉店したかなり大きな店で、入口の扉の奥は暗くがらんどうになつて居た。中には壊れた椅子が一つ土間に引つくりかへつて居て、突き當りの奥に埃りだらけの勘定臺が見えるだけである。觀音開きの扉の硝子を石榴《ざくろ》形に破つて、そこに太い繩を通して開かないやうに縛つてある。その中に一人の瘠せた男が寢て居た。よく見ると、實際は飾窓の中に寢て居るわけではなくて、飾窓の奥にある大きな箱の上に寢て居たのである。然し、外から見ると丁度それが飾窓の中に寢て居るやうな工合に見えた。その男はいかにもつまらなさうに飾窓の奥の長い箱の上に兩足をなげ出したまゝ横になつて居る。男の着て居る青地の羅紗の服は新調である。足にはいて居る赤靴も矢張り新調である。見ると、カラもネクタイもどこからどこまで新調である。それなのにいかにもつまらなさうに横になつて居る。然もこの男の姿勢は、全く熟睡して居る人間の特徴を示して居たにも係らず、奏任官が近寄つてみると、意外にもさうでなかつた。彼は瞳の大きい馬のやうないゝ眼をして凝《ぢ》つと窓硝子の外を見て居た。奏任官が飾窓の方に近附いて行くにつれて、その眼は靜かに彼の方に動いた。可笑しな奴だ、何でまた飾窓の中なんかに這入りこんで居るんだらう。奏任官と飾窓の中の男とは埃りで曇つた硝子を境にしてお互に相手を見詰めた。舗道の上は澤山の人々の足音で騷然として居たが、格別その男に注意を拂つて行く者はなかつた。可笑しな奴だ、それとも或は何か獨創性に當んだ男かも知れない——彼は暫くして歩き出し、一度振り返つて見ながらさう心の中で思つた。だが、直ぐに彼はその男のことを忘れてしまつた。また色々の飾窓が次々に彼の眼の前に現はれた。肉うどん屋、皮革商、羅紗屋……

　彼はぼんやり歩いて居るやうであつたが、大田原から教はつた地區以外には行かなかつた。彼は最後に大田原から教はつた兩替店で紙幣を法幣に替へて貰ひ、大田原から教はつたデパートへ行つて靴下を買ふと、もう他に大田原から教はつた場所がないのに氣づいて歸ることにした。

　人々が忙しさうに行き違ふデパートの前の歩道に、平らたい顔をした丸々と肥えた乞食の子が、指の先まで隱れる長い袖をぶら〳〵させながら方々見廻はして居た。セピア色の帽子をかぶり黑い外套を纏つた奏任官のうすぼんやりした姿が、デパートの出口から押し出されて來ると、その乞食の子は一寸の間ぢつと判斷するやうに眼を細くして見詰めてから、急に飛び上つて彼の方に走つて行つた。やがて、その乞食の子が彼を後から追ひ拔き、袖の中から黄色い恰好のいゝ手を出して「先生進上《シーサンシンジャウ》〳〵」と彼の前で足ぶみして居るのが見えた。奏任官は方向を變へて大股に歩き出した。だが、乞食の子は直ぐまた彼を追ひ拔いて前に出て、泣きさうな顏をして笑ひながら手を出した。するといつの間にか、あとから〳〵まるで惡い夢のやうに澤山の乞食の子が長い袖をぶら〳〵させて現はれ、同じやうに手を出し、歌を唱ふやうに「先生進上〳〵」と言ひながらついて來た。或者は自分だけ眼に着くやうに彼の前で飛び上り、或者は後から外套をひつぱつた。奏任官は恥かしくなつて、逃げ出さうとして居た。ところが、運惡くデパートの前は磨き上げられた花崗岩が一面に敷きつめてあるので、足が滑つて思ふやうにならなかつた。たちまち十數人の乞食の子が彼にたかつて、外套を引つ摑んで押したり引いたりし始めた。

更にまづいことに、奏任官は昔から靴の裏に鋲を澤山打つ癖があつた。靴を永く保せようといふ算段からか、またはその他の原因からか知らないが、修繕をさせた後などはまるで中學生かなんぞのやうに澤山の鋲を打たせた。その爲に彼は以前にも一度役所の階段の天ッ邊から最下層まで落つこちて、ほとんど氣絶する程の目に遭つたにもかゝはらず、矢張りその癖が止まなかつた。そして、今や靴はその長所を完全に發揮した。奏任官は赧くなつて、とう〳〵一つところで幾度も滑つた擧句、よた〳〵し出した。こら、どかんか、こら！　と彼は兩手を無意味に動かしながら小さな聲で叫んだ。彼は支那人達の注目の的になるのを恐れたので、騷ぎを小さくおさめようと試みて居た。だが、餘り乞食共が澤山居るやうなのでとう〳〵眼の先がチラ〳〵してしまつた。

その時、不意に彼の後で誰か大聲で怒鳴る聲がした。そして、それと同時に乞食の子は、事實と思はれない位のすばしつこさで頭をちゞめながら四方へ走つて逃げた。奏任官が振り返つて見た時に、澤山の乞食の子はもう影も形もなくて、その代りに一人の丈の高い支那人が立つて居た。その男は新調の青い服を着て、新調の靴をはいて居た。不恰好に丈の高い男で、馬のやうにいゝ眼をして居た。琥珀のやうに黄色い顏には表情らしいものがなく、その短く刈り上げた頭には帽子をかぶつて居なかつた。その頭から足の先までの體の構造は、丁度適當な長さに造られた人間を飴のやうに上下に引き伸ばした如く不自然に細くて長かつた。奏任官は相手を見た瞬間、おやと思つた。だが、どうしたことか、多分色んなものを見て頭が混亂して居たせいだらう、この男が誰だつたか思ひ出さなかつた。

のつぽの支那人はまるで人間以外のものを見る時のやうな表情のない顏を近寄せて、奏任官をぢつと見詰めて居た。唇の薄い彼の大きな口が音もなく二三度動くと、それから彼は突然思ひがけなく、上手な日本語で奏任官に話しかけた。

「あんた、インテリゲンチャか?」

奏任官は一寸の間、手品を見て居る子供のやうに大きな眼をして口を開けたまゝ立つて居た。これは逃げた方がいゝんぢやないか、とそれから頭の隅で考へた。が然し、それは反つて危險のやうにも思はれた。

「日本人だらう」とのつぽの支那人は寄つて來て言つた。矢張り表情のない顏をして居た。奏任官は何故だか、その時到底もう駄目だ、と思ひこんで體が見る〳〵冷くなつた。帽子の下で急に自分の頭が縮んで小さくなつたやうに感じた。奏任官は蒼ざめた顏をした點頭いた。

「インテリゲンチャだらう?」

「さうです。」と奏任官はやつと小さな聲で言つた。

「さうだらう。私は理解する。我々は話せる。ちゆなはち、いいい、一緒に歩きながら話をしよう。」

で、二人は南京路から這入りこんだ人通りの多い裏通りを歩き始めた。それから、やがて、行き當りが波止場になつて居るらしい、割に廣い明るい通りへ出た。ひつそりした外國商館や船會社の事務所が多く並んで居て、路上には人影が疎らになつた。道路の涯の波戸場のあたりに戎克船のマストが二三本見えて居た。奏任官とのつぽの支那人とは狹い歩道に並んでぶら〳〵と波戸場の方に歩き始めた。

「どの位長くこの上海に居る？」

「一ケ月。」と奏任官が答へた。

「何をしに此處へ來たか。」

奏任官は言ひ澁つた。

「あゝ、私は理解した！　ちゆなはち、それはどうでもいゝ。」とのつぽの支那人は輕さうに頭を振つて言つた。彼は話して居る間中相手の方を見なかつた。話が暫く杜切れると、相手の存在を確めるやうにチラリと眼の玉を横に動かして奏任官の方を見た。

「我々は話せる。私は河の向ふに住んで居た。ちゆなはち、あんたの軍隊がやつて來て、家も商品も商賣も占領してしまつた。」

いよ〳〵危險になつて來た、と奏任官は頭の隅で考へた。再び帽子の下で彼の頭が縮んだ。彼は逃げ場を探す爲にあたりを見廻はした。

「あゝ、私は理解した！」とのつぽの支那人は、奏任官のその樣子をチラと眼の玉だけ動かして眺めてから言つた。「心配するな。私は恨まない。これらわ、戰爭だ。戰爭は話さない。然し、あんたと私は話せる。」

この分なら非常に危險といふわけでもなささうだ、と奏任官は少し落着いて來て考へた。のつぽの支那人は頻りに身振りなどをつかつて、いかにも日本語が上手さうに見せかけようとして居た。もつたいぶつて、必要でもないところに「これらわ」だとか「ちゆなはち」だとか挿入したが、それがどうもうまく發音出來ない模樣であつた。そのうまく出來ない發音を聞くと奏任官は一層落着いた氣分になつて、自分の方でも喋り始めた。

「君はインテリゲンチャか?」

「いや、然し、私はインテリゲンチャ以上に理解する。何故なら私は家も商品も商賣も占領された。私は理解する。もうすぐ我々は兩方とも理解するだらう。」

二人は街の辻を南京路から次第に遠ざかる方向に曲つた。奏任官はそつちの方へ曲りたくなかつたのだが仕方がなかつた。

「あんたは理解しないと思ふか?」

「理解すると思ふ。」と奏任官は急いで答へた。

「ちゆなはち、あんたは蔣中正をどう思ふ?」

「然し、それは、君達にとつて、蔣中正は偉いに違ひない。然し……」奏任官は後悔し始めた。そして、後を振り返つて見た。

「あゝ、私は理解した!」と支那人はまた言つた。「ちゆまり、この場所はあんたにとつて危險だ。」

奏任官はとう〳〵足が動かなくなつて立ち止つてしまつた。丁度船會社の大きな倉庫の前で、空地の横に山のやうに積み重ねた石油罐の脇で二人の苦力が地べたに腰を下して話をして居た。一匹の耳の大きな犬が空地の眞中に寢そべつて、脚の上に顎をのせたまゝぢつと奏任官の方を見て居た。今度こそ一目散に逃げ出した方がいゝんぢやないか、と彼は考へた。だが、その時のつぽの支那人は奏任官の腕を捉へた。

「あんたは危險だ。然し、私はあんたよりもつと危險だ。」

奏任官は相手の言ふことがわからなかつたが、然し、二人はまた歩き始めた。

「此處では日本人は危險た。然し日本人と話をすることはもつと危險だ。それはどうでもいゝ。もうすぐ我々は理解するだらう。」

そこで、二人はまた角を曲つた。これはいよ〳〵駄目だ、逃げ出しても餘程澤山走らなくちやならん、と奏任官は頭の中に今歩いて來た地圖を描きながら考へた。それに相手はのつぽで、長い手をして居るし。

「あんたはいま、君達にとつて蔣中正は偉い、と言つた。あんたの言ふ『君達にとつて』と『私達にとつて』とはいつか同じになるべきだ。蔣中正などはどうでもいゝ。ちゆなはち、私の言ふのは思想だ。我々はすべてのものにとつて共同のものを持たなくてはならぬ。」

「えゝ?」と奏任官は何も聞いて居なかつたので訊ね返した。

「これうわ、ちゆなはち、日本のものも支那のものも共通になるのだ。すべて思想は誰のものでもなくなるのだ。」

「それは、きつと共産主義だらう。」　奏任官は相手のいふことが何のことやらわからなかつたので言つた。その間に彼は素早く後を振り返つて見た。其處はトタン屋根の低い倉庫の裏手で、甃石《いしだゝみ》の道路が片側に傾いた、いやに埃つぽい、凸凹した通りであつた。埠頭が近いやうに思へた。

「違ふ。共産主義は單なる泥棒だ。私のはもつと高尚な思想だ。我々は先づ理解する。さうすればすべてのものは自然と誰のものでもなくなるのだ。」

二人はまた角を曲つた。奏任官は何だか非常に澤山角を曲つたやうな氣がして、さつぱり方角がわからなくなつてしまつた。

「インテリゲンチャは話せる。然しそれは中々理解しない。何故なら、既にインテリゲンチャとなると中々理解しない。それは單なる知識の私有財産者なのだ。理解するのはインテリジェンスを創造する或物だ。私は家も商品も商賣もみんな占領された。ちゆなはち、何かその占領されたことの中に、私の理解した原因がある。インテリジェンスを創造するのはインテリジェンスと反對の或物だ。それが私に理解を與へた。これうわ、ちゆなはち……」

二人は不意に可成り廣い通りに出た。

「ちゆなはち、我々は始終奪はれたり、損したりする。そこにインテリジェンスを創造するインテリジェンスと反對の或る物がある。これが理解を生産する。これうわ、ちゆなはち……」

のつぽの支那人はさう言ふと、急に思ひ出したらしく一寸立ち止つて、新調の洋服のポケットを方々探り始めた。そしてズボンの後ろのポケットからきたない紙幣を一枚出すと、安心したやうにまた歩き出して話し續けた。

「私は家も商品も商賣も占領された。だが、戰爭は、これうわ、ちゆなはち、理解力だ。私は拾五錢しか持つて居ないが、然し、さうだ、これをあんたにやらう。」

「いや、私は……」奏任官は驚いて辭退した。

「さうか、ぢや、あんた、私に參圓くれ。」

奏任官は何が何だかさつぱりわからなくなつた。やれ／＼、これは全然正氣とは言へないかも知れない。彼は買物をした殘りの法幣を相手の手に渡してやつた。のつぽの支那人は默つて受け取つて、ズボンの後のポケットへそれを入れてしまつた。二人はまた角を曲つて、前よりももつと繁華な通りへ出た。そして、その時奏任官は二人がいつの間にか最初歩き始めた通りへ丁度反對の方向から出て來たのに氣が付いた。

「私は一寸用事があるんだがな、ガーデン・ブリッヂまで歸らなくてはならん。」奏任官は何氣ない振りをして言つて、立ち止つた。うまくこゝらで逃げることが出來るかも知れない、と内心では考へた。

「我々は何か理解したらうか。」と支那人は獨言のやうに言つて、相變らず表情のない顔をして奏任官を一瞥した。「多少は理解したらう。」彼は自分でさう答へて點頭いた。「バスがガーデン・ブリッヂへ行く。」彼はゆつくりあたりを見廻して、それから丁度街路の反對側にペンキ塗の鐵板をぶらさげたバスの停留所を指した。

「我々はまだ話を始めたばかりなのだが……よろしい。多少理解したらう。私は久しぶりに晩飯を食べに行かう。然し、あんたは晩飯を食べない方がいゝだらう。その方が理解するのにいゝ……」

のつぽの支那人は考へ深さうにしながら雜沓する街路を横切つて奏任官について來た。

「私もバスに乘つて久しぶりに何處か晩飯を食べに行かう。」

二人がぶらさがつたペンキ塗りの鐵板の下に立つた時、支那人はもう一度さう言つた。そして、大事さうに奏任官から手に入れた參圓の這入つたポケットを上から押へた。奏任官は相手の表情のない顔や、支那人としては珍らしいくらひ好い馬のやうな眼や、長い手足をやつと落着いた氣持で眺めた。彼は何と言つて別れていゝものか分らなかつたので默つて相手を見て居た。然し、のつぽの支那人の方では全く何か別のことを考へて居るやうな樣子で、通り過ぎる黃包子を見たり、デパートの上層を見上げたり、自分の新調の靴を見詰めたりして居た。

やがて、佛蘭西租界の方から黃色い二階バスがやつて來た。バスが近付くと、支那人は行先を確めて「このバスはガーデン・ブリッヂの方へ行かない。我々はこの次のバスにしよう。」とゆつくり言つたが、然しバスが停車したとき、急に思ひ直して周章てゝ、足踏みしながら言つた。「さうだ、私はこのバスに乘つて久しぶりに晩飯を食べに行かう。」さう言ふなり、彼は參圓這入つたポケットを片手で押へ、そのバスに飛び乘つてしまつた。奏任官はのつぽの支那人が車の中に這入り、坐席と坐席の間を通つて後方の窓ぎわの腰掛けに坐り、それから、表情のない琥珀のやうに黃色い顏を窓框から出すのを見た。奏任官は何か言はうと思つたが、何と言つていゝのか見當がつかなかつたので、その代りに一寸笑つて見せた。支那人は大きな眼をして、琥珀のやうな顏をかすかに動かして點頭いた。だが、バスが動き始めた時、彼は不意に長い手を出して、まるで帽子掛から自分の帽子でも取るやうに、無造作に奏任官の頭に載つて居る帽子をその頭からはずした。その手付きは極めて正當なことをやつて居るやうな工合に行はれたので、奏任官自身でさへ、そこに犯行を認めるまでに多少の時間を要した程である。

「帽子……泥棒！」

遂に氣がついた奏任官は、裸にされた自分の頭を押さへて絕叫した。だが、奏任官の帽子を頭に載せたのつぽの支那人は、片手で頭を押さへて居る奏任官を犯行の現場に殘したまゝ、久しぶりで晩飯を食べる爲に黃色い二階バスと共に、見る〱雜沓の向ふに小さく遠くなつてしまつた。

九

奏任官はその晚暗くなつてから、濁んだ鼠色の顏をしてホテルに歸つて來た。そして、歸ると直ぐ自分の部屋の扉をバタンと閉めて、內部から鍵を下して寢臺の中にもぐりこんでしまつた。彼は帽子をとられた光景を想ひ出して、その度に何とも言へない殘念な氣持に襲はれた。今になつて彼は泥棒が飾窓の中の男だといふことに想ひ到つたが、それは何の役にも立たなかつた。支那人の大泥棒！　支那を飽くまでやつゝけろ！　租界を撤廢しろ！　――彼は興奮の餘り頭がこんがらかつて來て、長いこと意味のないことを繰り返して居たが、然し、とう〱自分を慰めにかゝつた。これは客觀的に考へればつまらぬことだ、命をとられても文句を言へない場所で、唯帽子をとられたに過ぎないのだ。帽子をとられるぐらひ何處にでも有り得る平凡な出來事だ？そして、彼はいまはない自分のセピア色の、ふか〳〵した帽子を眼の前に描いた。すると、慰まりかゝつた彼の氣分は再び目茶々々になり、再び租界の撤廢を絶叫せずには居れなかつた。

奏任官は夜中眠つてから悪い夢を見て、汗をひどくかいた。そして翌日は手足の關節が痛く、氣分がぼーつとなつて一日中寢て居た。彼は蒸熱い息苦しい部屋の中で、夢のやうな状態になつて暗い天井を見詰めて居た。セピア色のふか〳〵した帽子——奏任官はそれがなくなつたことが信じられなかつた。

夕方になつて、憂欝なことには大田原と淺倉市議と野村雜貨商とが、更に全然知らない二人の男を連れて見舞ひにやつて來た。そして、また聞きの政治談だとか、ぼろい儲け話だとか、その他時間をつぶす爲にのみ有効な話を始めた。然も當然彼等は食事前であつた。奏任官は起き上つて下へ行く元氣がないので、これらの食事前の連中は彼の部屋で夕食をすることに贊成した。

「このホテルは變な臭ひがする、もう飽きた。」と淺倉市議が食事が濟むと、ふくれた腹を出してのびをしながら言つた。

「料理ばかりぢやない、このホテルも、上海もみんな變な臭ひがする。」

「僕なんかもうずつと以前から嫌でならん。此處はごろつきの來るところですわ。內地に職があればいつなんどきでも逃げ出すんぢやがなあ。」大田原は黄色い眼で奏任官を竊み見て、シューと心配さうに息を吸つた。皆は食ひ過ぎた上に、奏任官の情ない恰好を見せつけられたので氣が滅入つてしまつた。實際、奏任官は仕掛けの止つた人形のやうな顏をして話して居る相手の唇を見詰めて居たが、その耳には何も聞えて居なかつた。

話が杜切れると、今度は野村雜貨商が何やら話し出した。上海の商人が盜人《ぬすつと》だとか、「上海日本商店案內」がどうしたとか、彼の鼠色の唇から際限なく不平が漏れ始めた。皆は憂鬱になつて來た。そこで、大田原が心氣を一轉しようと思つて汪兆銘の話を始めた。何でも汪兆銘を上海に引つぱつて來ることが不可能だとかなんだとか——確かに誰かの話をそのまま喋つて居るに違ひないのだが滔々と述べたてた。とう〳〵皆は歸り始めた。終ひには當の大田原さへ引つこみが附かなくなつた態で、淺倉市議と、「一寸その邊へ出掛けるとしませう。」とロシア女のところへ行つてしまつた。そして、誰も奏任官が帽子を失つたことや、その爲に彼が受けた打撃などに氣付く者はなかつた。

部屋の中は煙草の烟と人いきれで一杯になつて居た。誰も居なくなつてから奏任官は部屋の空氣を換へる爲に、元氣のない重い足をひきずつて窓を開けに行つた。外は眞暗で、星が默つてまたゝいて居た。難民の聲が聞えて來た。黑い大きな領事館の破風の向ふに、黃浦江を渡る船の燈りが動いて居た。彼は窓に腰かけて、瘠せた自分の足をぢつと見詰めた。帽子、セピア色のふか〳〵した帽子——彼にはそれが無くなつたことが信じられなかつた。そして、果して帽子の爲とは計りがたかつたが、彼は子供のやうに泣き出したくなつた。

次の日の朝は奏任官は熱が下り氣分が大分よくなつた。唯、頭の中が水を一杯吸つた海綿のやうに重かつた。彼は食堂へ降りて行つたが、食慾が全然なかつたので、そのまゝ散歩に出掛けた。空が澄み、大氣が冷く、こゝでは珍しい朝である。埠頭の方でねこ鳥が舞つて居るのが見える。領事館や倉庫や商館の破風が黑い影を描くホテルの前の明るい鋪道を、手を後に組んで肩を丸めた彼の小さな姿が瘠せた自分の影法師と一緒に歩いて居る。禿げ上つた顱頂骨が明るい陽の光を受けて反射して居る。彼はまるでパンクでもしたやうに見違へる程凋んで小さくなつてしまつた。一昨日橋を渡る彼を見た者は、到底これが同一人だとは思ふまい。河風にさらされた鋪石の上を向ふの四辻まで行くと、彼は引き返して來る。彼は訝し氣にその頭を傾ける。理解力、勘《かん》のよさ……わからない、全然わからない。彼はホテルの前を通り過ぎ、また暫くすると返つて來る。わからない、全然わからない……

ホテルの正面玄關の前に立つて居た歳をとつた方の印度人が、彼の姿を見て挨拶した。

「お早う《グッド・モーニング》」と印度人は英語で言ひながら近附いて來た。彼はいつの頃からか奏任官を覺えて居て、奏任官の姿を見るとチップを欲しさうにした。その堂々たる體軀は、よく見るともう可成り歳をとつて居た。王様のやうな額には皺が寄り、眼には眼やにが溜り、足はリューマチの爲に跛行《びつこ》を引いて居た。彼は見知つて居る者の顔を見ると、チップがいつでも貰へるやうに片手だけポケットから出し、口をゆがめてたつた今何處かで虐められて來たやうな憐れな笑ひ方をしながら、普段より一層ひどく跛行《びつこ》をひいて近寄つて來るのである。

「お早う《グッド・モーニング》、旦那《サー》。」と印度人は言つた。すると、奏任官は何を考へたのか、突然立ち止つて下手な英語で尋ね始めた。

「お前、どの位長くこゝに居る《ハウ・ロング・アー・ユー・ステイ・ヒア》、この《ヒア》上海《シャンハイ》に。」

「ながく、非常にながく《ロング・ベリ・ロング》、アー、アー。」

「お前、歳はいくつだ《ハウ・オールド・アー・ユー》。」

「アー、私《アイ》は、多分《ペーハップス》、いや、六十歳以上《ノウ・モア・ザン・シクスティ》……私は覺えがない《アイ・ドント・リメンバ》、旦那《サー》。」

そして、印度人は右手より長いやうな感じがする左手――こつちが彼のチップ用の手である――を出して眼の前で振つて見せた。

だが、丁度その時玄關の奥が騒々しくなつた。そして、ぐる〳〵廻る廻轉ドアから、陸軍士官や新聞記者やホテルの女中や、その他大勢の人々に圍まれたS氏が姿を現はした。印度人は振り返つて周章てゝそつちの方へ走つて行つた。この光景は彼が始めて此處へやつて來た時とほとんど同じであつた。彼の顔には焦點のない微笑が浮び、彼の様子には周圍に集る人々に對して滿足と煩瑣とを同時に感じて居るらしい樣子が現はれて居た。例の活動家らしい若い秘書も、彼の後に立つて方々から話し掛ける人達と手際よく話を交はして居た。彼はまるで誰が自分に話し掛けたがつて居るか、ちやんと前から知つて居るやうに、突然自分の方から話掛けて手間を省いたりした。S氏はこれから上海を去るところらしく見えた。澤山の大小のトランクが玄關の段の上に置かれ、人々は別れの挨拶をした。やがて、新聞社の寫眞班が寫眞を撮り始めると、彼は一寸そりかへつて寫眞の爲の顏をした。だがそこには、いつか奏任官がS氏の部屋で見た時のやうな美しい表情はどこにもなかつた。周圍に立つて居る人に比べると彼は非常に貧相に小さく見えた。威嚴のある白髮まじりの鬚さへ顏に生えた黴のやうに思はれた。それから、彼は段を下りて待たせてある自動車に乘りこんだ。印度人の器用な眞黑い手が、右手で自動車の扉を閉めると共に、左手で秘書から素早くチップを受け取つて、ズボンのポケットに捩じ込むのが見えた。

「萬歲、S氏萬歲」段の上や下に立つて居る人々が帽子を振つて叫んだ。その聲がさびれた鋪道の上に響き渡つた時、二階や三階の窓から訝し氣に顏を出して覗いた。「誰です?」「えゝ、あれがS氏ですよ」とそれらの顏は話し合つて居るやうであつた。自動車は玄關の前で半圓を描いて廻り、最初向いて居たのとは反對の方向に走り始めた。前を通つた時、奏任官は無意識に頭へ手をやりながら車の方にお辭儀をした。S氏も車の中から挨拶を返したが、彼は明らかに奏任官の顏を覺えて居らないらしかつた。頭を下げながら、尋ねるやうな眼で秘書の方を見た。

S氏はかういふ風にして彼の「租界撤廢」や「英勢力驅逐」と共に去つた。その日の新聞は彼が南京に赴いたことを報じて居た。

十

奏任官の出張期間もあと數日しかなかつた。郵船會社に行つて切符を買ふ手續をして置くべきであつた。だが、彼は未だ何もして居なかつた。以前の內地における生活は不意に不恰好な滑稽なものになつてしまつた。もつとも、さうかと言つて、こゝのホテルの生活が何か魅力を持つて居るかといふとさうでもなかつた。むしろ全く馬鹿々々しかつた。

食事前の連中は相變らずやつて來る。大田原は相變らず黃色い眼をして慄へて居る。そして、汪兆銘だとか、イギリスの資本だとか言つて居るが、それは單に彼の舌がさういふふうに動くだけのことである。食事前に彼の貧相な體が慄へるのと何等異る現象ではない。彼は唯自分の職をねらつて居るのだ。淺倉市議となるともつと無意味である。「うまい話」のないこの男は、さながらの他人の寢臺にひつくり返つて手や足をピク〳〵させながら眠つて居るだけの存在に過ぎない。頻りに大田原や棉花商を恐がつて、「あれらが來たら僕は居ないと言つてくれ給へよ。」などと言つて逃げ廻つて居るのに、ほとんど每晚彼等と一緖に飮みに出掛ける。まだ、この上に野村雜貨商が居る。この男は氣違ひに相違ない。仕入れた品物を賣却して、その差額を儲けるといつた正體のある冷靜さは全く認められない。目茶々々に他人をつかまへて賣りつけるだけなのだからやり切れない。

奏任官は獨りになることを欲した。そして、いつも自分の部屋の窓ぎわに腰掛けて、熊蜂のやうに玄關の前を步いて居る印度人や、棒で毆られる避難民や、河風に晒された淋れた舖道を眺め下して居た。彼は頰杖をついて、三十分間もぢつと考へ深さうに一ケ所を見詰めたりして居たが、頭の中はからつぽであつた。帽子を失つた彼の外貌が不調和な滑稽なものと化したと同樣に、彼の精神狀態もまた調和を失ひ、滑稽な狀態となつた。

S氏が上海を去つたことは、この狀態にある彼に最初の打擊を與へた。だが、S氏が去つた翌日の夕方「ずつと支那に居た老人」もホテルを發《た》つた。その夕方珍しく早く一人で食事をした奏任官は、ひどく疲れた寒氣のするやうな氣持で、客間の中世紀椅子に腰掛けて居た。日暮れ方で、外の鋪道は暗くなり、客間にはやつと光の弱い壁燈がともつた。支那人の子供のウェイターは、廻轉扉の脇の臺に載つて、小さな膝をかゝへたまゝ凝《ぢ》つと壁燈の光を見て居た。すると、階段の方から短い綠色の古外套を着て、シャツの端のはみ出た大きな鞄を下げた老人が、くしや／＼の帽子を掴んだ片方の手を擴げて中心をとりながらあわたゞしく降りて來た。老人は段の下まで降りると、鞄を下に置いて、やれ／＼と一息ついたが、直ぐまた鞄を持ち上げて、椅子の間を縫つて急ぎ足に出て行かうとした。

「どちらへ？」奏任官は周章てゝ立ち上つて呼びかけた。老人は鞄の重みで二三歩行き過ぎてから停止した。

「天津へね。明日發《た》つのだが、今晩知人の所へ寄つて……」老人は一寸逡巡《ためら》つたが、そのまゝ歩き出した。奏任官はその後からついて行つた。

「上海はどうかね。得るところがありましたか？　無ささうな顔だね。十日や二十日で支那を知らうつてのは無理だて。支那は太古からあるのだから。」

「どうも、私にはわからなくなりましたよ。」と奏任官は自分の頭を片手でさすりながら言つた。

「何が。」

「全部ですよ。」

「全部？」老人は當惑したやうに奏任官の顔を見やつた。だが彼は、默つてくしや／＼の帽子を自分の頭に載せると、不意に急ぎ足になつて廻轉扉から吸ひ出されて行つた。奏任官は老人が出て行つた後のまだくる／＼廻はつて居る扉の前で立ち止つた。彼の眼には言ふに言はれない失望の色が擴がつた。

奏任官はまた自分の窓からターバンを卷いた印度人の大頭を見下しながら暮らす日がつゞいた。二日間、何事もなかつた。そして三日目の朝、三〇七號室の齋田君が死んだ。その前日の夕刻、奏任官は自分の窓から齋田君の姿を見掛けた。彼は鼠色の帽子に鼠色の外套を着て、兩手をポケットに突込んでガーデン・ブリッヂの方から歩いて來た。彼の顏は帽子の庇に隱れて全然見えなかつたが、ホテルに這入らうとして石段に片足を掛けた時に、何氣なく仰向いて、その角度に當る三階の窓から頭を出して居る奏任官と偶然顏を見合はせた。彼は一寸足をとめた。その顏に人なつかしさうな微笑が浮び上り、唇が何か言ひ出しさうに動いた。そして、何の爲か知らないが輕く首を横に振つた。勿論彼は何も言はずに玄關の中に消えた。翌日の朝彼は死んで居た。自殺する多くの人がさうだが、彼も死を豫感させるやうな態度を誰にも見せなかつた。

奏任官は朝、窓から顏を出して居た。すると腕章をつけた憲兵が一人、領事館警察の者が二人、ホテルに這入つて行つた。やがて廊下の方で人が多く居て囁き合ふやうな氣配がした。奏任官は扉を開けて廊下を覗いて見た。三〇六號室の扉があいて居て、その脇にさつきの憲兵が立つて居た。廊下の方々に女中や給仕や泊り客が二三人づゝ固まつて低い聲で何か話し合つて居た。間もなく、黑鞄を下げてエナメル靴を履いた足の短い醫者と、例の平らたい顏の事務員と、領事館警察の者とが三〇六號室から出て來た。

「鍵はかゝつてなかつたのよ。」と廊下で洋髮に結つた太つた女中が、側に居たもう一人の中年の女中と若い事務所の小僧に言ふ聲がする。

「へえ、さうかい、そんぢや、お前びつくりしたらう。」未だ子供みたいに若い事務所の小僧は、興味そのものゝやうな大きな眼をして言ふ。

「そりや魂消げたわよ。床の上に轉つてるんですもん。足が慄へたわ。」

「へえ、さうかい、すごいね。」

「始めはまさかと思つたから、テーブルのところまで行つたのさ。そしたら死んでるぢやないの。」

「へえー、死んでた。そんでどんな恰好をしてた?」

「仰向きに椅子から落ちてさ、顔に半分手を當てゝ——さう、そして片眼を開けてるのよ。あゝ、嫌《や》んなつた!」

「へえー、すごいね。でも何だつて片眼を開けたんだい?」

「何もわざと開けたんぢやないだらうにさ。」と中年の色の黒い女中頭のやうなのは、さつきから帯に片手を挾んでぢつと聞いて居たが、眞面目な顔で言つた。「でも、何で自殺なんかしたんだらうね。」

「さあーねえ。」

「そりや、松田さん、金か女だね。スパイかな。」

「何を言つてるのさ、知りもしないで。お前さんみたいなのがスパイになりやいゝんだよ。」

「やなこつたい。」

平たい顔の事務員と領事館警察官とは戸口で醫者をつかまへて、小聲で何やら打ち合はせをして居た。醫者は面倒臭さうに二言三言聲高に言ひ、一寸あたりを見廻はして廊下の人々が彼の方を注視して居るのを見ると、急に下を向いて急ぎ足に歸つて行つた。恰もその様子は、死人に興味を持つなんて氣が知れない、と言つて居るやうであつた。間もなく二人の支那人が擔架をかついで來て、死骸を運び出した。平らたい顔の事務員と警察署員とは、一旦部屋に引き返してから、また出て來て、そして、太つた女中を呼んで一緒に擔架の後から階下へ降りて行つた。事務所の若い小僧が犬のやうにその後を追ひかけた。

廊下の人影は動いて、散り始めた。二三人、奏任官の脇を通つた。「自殺かね」「らしいね」と言つて過ぎた。

十一

自殺――奏任官は確かに頭の中でポッキリと心棒が折れたやうな氣がした。齋田君が死んだ爲に奏任官が打撃を蒙る筋合ひは毛頭ない。それにもかゝはらず、精神の弱つて居た彼は、百斤もある重い金槌でゴンと毆られたやうな氣がした。彼は瞠然として暗い廊下に佇んで居た。もうこつぴどい目に遭つたのか――寒いものが足の方から這ひ上つて來た。そして、いつかの晩酒に醉つた時のやうな寒氣のする狂氣がこみ上げて來て、突然兩手を振り廻はして目茶目茶に暴れ出したい氣がした。

　奏任官はその日高熱に憑りつかれた。そして、この時になつて始めて彼はこの數日來なにかしら病氣に罹つて居たのだと氣がついた。彼は急に恐ろしくなり、ホテルの女中を呼んで醫者を探させた。永いことして醫者がやつて來た。太つて二重顎の咽喉にめりこんだ醫者は、黑鞄を下げて、エナメル靴をはいたモルモットのやうに上品に部屋を横切つて寢臺に近寄り、藥品の臭ひのする青い手で直ぐ診察にとりかゝつた。

「ひどく何處か惡いやうな氣がするのですが」と奏任官は診察が終つた時に相手の考へ込んだ顏付を見ながら訊ねた。醫者は輕く首を傾け、片方の口角を引き緊めた。

「滅相もない。大したことはありません。先づ、普通の風邪といふところでせう。」

「二三日中に內地に發ちたいのですが無理でせうか。」

「熱さへ取れゝば大丈夫でせう。」

　醫者はエナメル靴に包まれた短かい足で上品に部屋を歩いて歸つた。そして、奏任官はホテルの女中から解熱劑を飲まされた。

翌日大田原がやつて來て、奏任官が寢て居るのを見ると、早速別の醫者を引つ張つて來た。この醫者は相當の年配で、顎に一流の鬚を生やした思慮深さうな人なのに、前の醫者の診斷を聞くと、まるで發作を起したやうに怒つて舌打ちをしたり唾をはいたりした。そして、決して風邪なんぞでない、重症の心臟病だ、上海の醫者はみんな藪醫者だ、と言つた。

奏任官の病氣はこの晩から明らかに惡くなつた。彼の頭は何だか知らないが砂を一杯入れた袋のやうにどつと重くなつてしまつた。そして、數時間の間に意識が暗くなつて、パク〳〵いひ出した。彼の記憶の中には帽子を奪られた瞬間が幻のやうに浮び上つて來た。街路の雜沓の中で聲高に笑ふ聲がした。誰か彼を指差して「東洋鬼《トンヤンキ》」と言つた。それらの聲やその光景が明瞭に頭の中を往來した。

晩にエナメル靴の醫者がまたやつて來た。すると、丁度運惡く怒りつぽい年寄りの醫者がそこへ這入つて來た。喧嘩が始まつた。そして、もう一人の醫者が必要になつた。それで、第三番目の醫者を野村雜貨商がつれて來た。この三番目のは鼠のやうな眼をしたにこ〳〵笑つて居る感じのいゝ醫者だつたが、自分の醫術に對してとんと見識を有して居らぬやうに見えた。どこが惡いやうな氣がしますか、と彼は未だ聽診器も鞄の中から取り出さないうちに尋ねた。三十九度二分の熱、ね。風邪のやうな鹽梅ですか、さうでもない。心臟ね、息が苦しいですか、さうでもない、かうーつと。腹痛は、ない、左樣ですか、さあて。彼は點頭いてにこにこして居た。それから、脈をとり、口の中を覗き、聽診器を耳に挾んだまま考へこんで居たが、突然風土病のことについて喋り始めた。彼は自分の着想のよさにびつくりして、饒舌になつた。

「一言して風土病と稱する色々の不明の病氣が支那にはありましてね、なにしろ野蠻國なもんですからね。例へば、マラリアね、これなどになりますと、冬には無ささうなもんですが、冬これに罹る者もあります。これなどは肺炎とよく間違へられます。その他のわけのわからない風土病に對してはね、治療の方法がね、バラ〳〵なのです。內地に歸ればね、自然と治るのです。」

さう言ふと、彼は赧くなつて自分の頭を搔きながらにこにこして居た。この樣子だと、今言つたことはみんな眞赤な嘘ですがね、といまにも舌を出しはしないかと思はれた。

奏任官は歸國を延期しなければならなかつた。然も、それはどの位延期しなければならぬのか彼自身も全くわからなかつた。高熱の爲に奏任官の思考は散漫になり始めて居た。すべての事實が彼から分離し始めた。自分が病氣だといふことすら既に何か他人の出來事のやうな氣がした。醫者は毎日やつて來たが、然しこの三人の醫者はてんでに勝手なことを言つて居るとしか思へなかつた。そして、唯ゝいつもセピア色の帽子だけが彼の眼の前に浮んだ。不思議な帽子だ、と彼は思つた。それにあの飾窓の中の男も不思議だ。すると不思議なのはそればかりでなく、彼が上海に來たことも、それ以前の生活も、すべて彼が經驗したことも、彼自身も、みんな不思議な現象に見えて來た。不思議な出來事だ、不思議だ、みんな不思議だ――彼は寢臺の上に仰向に寢たまゝ、驚く程大きく眼を見開いて呟いた。

大田原や淺倉市議や野村雜貨商は見舞ひに來るのかなんだかわからないが、兎も角始終やつて來た。彼等は部屋に這入つて來てから五分かそこらすると、もう奏任官の存在などすつかり忘れてしまつた。淺倉氏は長いことロシア女の話をして居るかと思ふと、急にあたりを憚るやうな聲で、煙草の脫税が出來るものかどうだらうか、などと皆にきいたりして居た。雜貨商は不平ばかし言つて居た。福神漬が腐敗したとか、日本商が支那商よりも商賣道德がないとか、そんな下らないことばかし言つて毎日滾して居た。一番奏任官の病氣を心配して居るのは何と言つても大田原であつた。彼は成功しさうに思はれた自分の就職問題がどさくさまぎれになつてしまふのを虞れて居たのである。話の最中も彼は齒をシューツといばせて黄色い眼で奏任官を眺めたり、時々寢臺のところへやつて來て、いかにも熱をみて居るやうな顏付をして手の甲を額に當てたりした。

一方、醫者は醫者で、自分達の反目を繰り返して居て、一向埒が明きさうになかつた。エナメル靴の醫者が解熱劑を飲ませようとすると、鬚を生やした醫者は頑固に反對した。一人が病院に入院させた方がいゝと言ふと、一人は全然反對の意見であつた。鼠のやうな眼をした醫者はにこにこして居るばかしで、どつちにも反對しなかつた。彼は風土病の原因不明について該博な知識を示した。そして擧句の涯には、上海にはちつとも病人が居ないだとか、自分はひどい神經衰弱で夜もろくに眠れないだとか言ひ出した。かういふ風に奏任官の病氣は自然の成り行きにまかされたまゝになつて居た。

醫者も訪問客もない時が奏任官にとつて一番氣持のよい時であつた。彼は水族館のやうに暗い三〇七號室の寢臺に橫になり、野村雜貨商から買つた氷嚢で高熱に侵された頭を冷しつゝ、仕掛けが止つてしまつた顏付でぢつと虛空を見詰めて居た。兩方の眼で別々のものを見て居るやうな彼の眼は、猶一層別々のものを見て居るやうな相貌を呈して來た。唯一つしかない小さな二重窓から落ちる暖かい光線が、熱の爲に赤黑く光つて居る彼の瘠せた半顏を照らした。その窓からは難民の騷ぐ聲や呼子の音が聞え、印度人の母國語で何かぶつ〳〵言ふ奇妙な調子が、低く、靜かに、陰欝に響いて來た。また、その窓には煤煙によごれた晴れた支那の空が見え、埠頭を離れる汽船の煙が、その汽船を追ふねこ鳥の姿が見えた。

或朝早く、奏任官はその窓のそばでねこ鳥の聲がしたやうに思つた。そして、その聲をもつとよく聞かうとして、眼を閉ぢ、顏の位置をやゝ動かした。

× × ×

三〇七號室の中がひどく騷がしかつた。三人の客と三人の醫者が部屋の中に居て、口々に何か言つて居た。二人の醫者は寢臺のところで言ひ爭ひ、一人の醫者と二人の客は安樂椅子に腰かけてお喋りをし、一人は部屋をうろ〳〵しながらひとりごとを言つて居た。何も言はないでおとなしくして居るのは奏任官だけであつた。何故ならこの時もう奏任官は死んで居た。

「これは立派な心臟內膜炎の標本ぢや。」

「滅相もない！　肺炎！」

　二人の醫者はまだ言ひ合つて居た。卓を圍んだ安樂椅子の上には第三番目の醫者が居た。風土病ね、これは大抵病源が不明なのです、彼は椅子に腰かけた二人の客に向つてこんなふうなことを言つて居た。

　部屋の中を一人で歩き廻つて居るのは大田原であつた。結局このホテルの高級料理を食ふ惡い習慣が附いてしまつただけのことだ、と彼は歩きながら心の中でなげいた。あかん、なんのこつちや――彼は一寸立ち止つて、せめて奏任官のセピア色の帽子でも頂戴しよう、と思つて部屋の中を見廻はした。そして、この時になつて始めて彼は、帽子が何處にもないのに氣付いた。

（完）

―昭和十六年八月二十日―